INTERNATIONAL GUY

#10 MADRID

Ce livre est une fiction. Toute référence à des évènements historiques, des personnages ou des lieux réels serait utilisée de façon fictive. Les autres noms, personnages, lieux et évènements sont issus de l'imagination de l'auteur, et toute ressemblance avec des personnages vivants ou ayant existé serait totalement fortuite.

Première publication Montlake Romance, Seattle

www.apub.com

Collection créée par Hugues de Saint Vincent
Ouvrage dirigé par Bénita Rolland
Traduit par Robyn Stella Bligh
Photo de couverture © GettyImages
Couverture : Raphaëlle Faguer

34-36, rue La Pérouse
75116-Paris
www.hugoetcie.fr

ISBN : 9782755640687
Dépôt légal : mars 2019
Imprimé en France par Corlet
N° d'imprimeur : 201109

NEW ROMANCE®

AUDREY
CARLAN

INTERNATIONAL GUY

#10 MADRID

Roman

Traduit de l'américain
par Robyn Stella Bligh

Hugo Roman

À Maria Guitart, mon éditrice espagnole,
et à toute l'équipe de Grupo Planeta.
« Madrid » est pour vous.
Je n'oublierai jamais votre engagement,
votre soutien, et tout l'amour
dont vous avez fait preuve pour mes histoires.
Je suis ravie de travailler
avec vous sur ce projet passion.
Besos.

CHAPITRE 1

Skyler

Quand j'entends la sonnette de l'ascenseur, je souris jusqu'aux oreilles.

– Papa est rentré ! je crie aux chiots qui jouent à mes pieds pendant que je prépare à manger. Parker adore que je sache cuisiner, et s'il ne l'admet pas, il me le montre en dévorant tout ce que je prépare comme s'il n'avait pas mangé depuis des semaines. Maintenant que j'habite à Boston, j'ai pris l'habitude de faire son petit déjeuner aussi. Je ne sais pas avec combien de femmes il est sorti par le passé, en dehors de cette garce qui l'a trompé. Je suis soulagée qu'on ait surmonté cet obstacle : Kayla et Johan font désormais partie du passé, et parler de nos anciennes relations n'apporte rien de bien, car Parker et moi sommes tournés vers l'avenir.

Lorsqu'il entend les portes de l'ascenseur s'ouvrir, Midnight, le fiston de son papa, se lève d'un bond et court en direction de l'entrée.

– Parker, chéri... je dis en m'essuyant les mains sur un torchon. Allez viens, Sunny, allons chercher papa.

Sunny me suit, collée à mes chevilles, lorsque j'entends Midnight grogner.

J'arrive dans l'entrée et tombe non pas sur Parker mais sur Tracey, les mains en l'air, comme si elle venait d'être prise la main dans le sac.

– Trace, qu'est-ce que tu fais ici ? je m'exclame, surprise de voir ma meilleure amie là, en chair et en os.

Elle ne m'a pas prévenue de sa visite et, surtout, elle est censée être à New York.

– Euh, chérie, tu pourrais rappeler ton chien de garde ? demande-t-elle d'une voix tremblante en faisant un pas en arrière.

Midnight grogne davantage et montre les crocs. Je commence à rire en prenant mon chien dans les bras.

– Midnight, c'est Tracey. C'est ma meilleure amie, espèce d'andouille, je dis en câlinant le chien. Tu vois, bébé, elle n'est pas dangereuse. Tracey, tends la main vers lui, paume tournée vers le bas.

Elle s'exécute et je rapproche Midnight en tapotant la main de mon amie.

– Tu vois, ça va. C'est la meilleure amie de maman, et c'est ta tatie, maintenant. Ne t'en fais pas, on adore Tracey.

– C'est vraiment nécessaire ? ricane Tracey.

Midnight se concentre sur mes gestes. Il renifle sa main, mais il grogne de nouveau comme s'il ne me croyait pas. Bizarre.

– Mon bébé, je reprends d'un ton plus ferme, Tracey est notre amie. Tu n'as pas besoin de me protéger. Elle fait partie de la famille.

Je le garde dans mes bras et j'ouvre le pot de friandises situé dans le hall d'entrée. J'en sors du bacon séché pour chiens, bio bien sûr, et le donne à Tracey.

– Tiens, donne-lui ça. Ça t'aidera à l'amadouer.

Elle lève les yeux au ciel, mais prend quand même la gourmandise.

– Tiens, petit chien, dit-elle d'une voix aiguë, plus exaspérée que gentille. Prends ton bacon.

Elle lui tend la friandise en même temps que Sunny me saute dessus pour avoir sa part. Midnight finit par tendre le cou pour attraper le bacon, mais il continue de grogner. C'est vraiment étrange.

– Je ne comprends pas, il ne semble pas t'apprécier.

– T'en fais pas, rouspète Tracey, je ne l'apprécie pas beaucoup non plus. Je ne suis pas très chien, tu sais. Je préfère les chats. Ils font ce qu'ils veulent et te laissent tranquille tout en étant très mignons.

Je hausse les épaules et donne un morceau de bacon à Sunny, qui l'avale en tortillant son arrière-train.

– Si tu le dis. Bref...

Je pose Midnight, qui s'enfuit en courant avec Sunny à ses trousses, puis je me tourne vers Tracey, les bras ouverts. Elle sourit et m'attire contre elle.

– Je suis contente de te voir, ma fleur, mais je suis surprise. Je ne t'attendais pas à Boston, qu'est-ce qui t'amène ?

– Tu ne m'attendais pas ? dit-elle en fronçant les sourcils. Sky, je vais tout le temps venir te voir, maintenant que tu habites ici. Et puis Geneva James prévoit d'arriver d'ici deux semaines, et on doit rencontrer les producteurs pour ses films.

– Dans deux semaines ? Euh...

Je regarde derrière elle et remarque non pas une ni deux, mais trois énormes valises.

– Alors, pourquoi tu es déjà là ?

– Ça ne te fait pas plaisir ? s'étonne-t-elle en reculant, blessée.

– Si, si, bien sûr, je bégaie en secouant la tête. Tu es toujours la bienvenue, évidemment, c'est juste que... enfin, Parker et moi allons tantôt chez l'un, tantôt chez l'autre, donc ça va... changer nos plans, d'avoir une invitée surprise, j'explique en regardant le balcon où j'ai préparé un dîner aux chandelles. J'étais en train de faire à manger, mais... ce n'est pas grave. On n'a qu'à sortir. Je peux t'accompagner à ton hôtel.

Tracey fronce si fort les sourcils qu'une énorme ride se creuse au milieu de son front, elle me répond d'une voix très grave.

– L'hôtel ? Sky, c'est moi, Trace. Ta seule amie. Je n'ai pas réservé d'hôtel. Je m'installe chez toi ! dit-elle comme si c'était évident.

Elle avance dans le salon en riant et se laisse tomber dans le canapé.

– La journée a été tellement longue... J'ai hâte de me détendre dans ton énorme jacuzzi et de passer la soirée avec ma meilleure pote.

Je me mords la lèvre en réfléchissant au meilleur moyen d'aborder la situation. Quand j'habitais avec Johan, avant, je me fichais que Tracey passe à l'improviste. D'ailleurs, il était toujours ravi de l'accueillir, je ne sais pas pourquoi. Il disait qu'il aimait sa présence. Or, je sais que Parker ne va pas voir les choses de la même façon. Il tient énormément à sa vie privée. Il n'aime même pas que Nate et Rachel soient ici, quand il est à la maison. Le soir, il aime qu'on soit tranquilles avec nos chiots pour faire ce qu'on a prévu, que ce soit regarder un film, lire, parler, jouer avec nos boules de poils, prendre un bain, ou un peu de tout ça. Et aucune de ces activités n'inclut un visiteur surprise avec qui il va devoir me partager quand il a besoin de se détendre.

– Hmmm, eh bien, étant donné que le jacuzzi est dans ma chambre, ça va être compliqué. Parker devrait arriver d'une minute à l'autre...

– Et alors ?

– Ben, Trace, je te l'ai dit. On vit ensemble, maintenant. On va parfois chez lui, mais on est surtout ici. Il pense que ça perturbe les chiens qu'on change toujours d'endroit, et comme on cherche à acheter quelque chose, on devra bientôt déménager pour de bon. Ce sera plus facile pour les chiens de ne pas changer tout le temps de maison.

– Qu'est-ce que ça a à voir avec le fait que je vienne passer du temps avec toi et que je prenne un bain ? demande-t-elle d'un ton légèrement hargneux.

– La baignoire est dans notre chambre, Trace. J'ai beau vouloir passer du temps avec toi, la dernière mission de Parker a été compliquée et l'a épuisé. Il est différent ces derniers temps. Il est tendu. Il remet tout en question. En plus, il n'arrive pas à mettre la main sur ce taré qui nous harcèle. Ça le rend fou.

– Pourquoi ? Tu n'es pas vraiment en danger, si ? demande-t-elle, soudain inquiète.

– Je ne sais pas. Peut-être. C'est stressant, en tout cas. Quoi qu'il en soit, Parker en a gros sur la patate, surtout avec notre futur déménagement et avec les chiots.

Tracey s'appuie sur l'accoudoir et pose son menton dans sa main.

– Est-ce que tu as envisagé qu'il était peut-être trop tôt pour emménager ensemble et adopter des animaux ?

Ses paroles me font l'effet d'un seau d'eau glacée.

– Pourquoi tu dis ça ? je dis en m'asseyant à côté de ma meilleure amie.

– Sky chérie, répond-elle en prenant ma main dans les siennes, ça ne fait même pas un an que vous êtes ensemble, et vous prévoyez déjà d'acheter une maison. Vous avez adopté des chiens. Ce sont des décisions sérieuses. Il n'y a pas si longtemps, il t'a jetée comme une vieille chaussette alors qu'il embrassait une autre femme à Montréal. Ne l'oublions pas, ma chérie.

– Tu es injuste, Trace. C'était de ma faute. D'ailleurs, tout ça n'était qu'un malentendu.

– Ouais, mais tu n'avais rien fait de mal. Il a supposé que tu l'avais trompé. Un homme qui te pense capable de ça ne te mérite pas, c'est tout.

Mon estomac se noue soudain.

– Où tu veux en venir, Tracey ? C'est insensé.

– Non, chérie. Ce qui est insensé, c'est le fait que tu emménages avec ton mec après une minute de bonheur. C'est dingue, si tu veux mon avis.

Je me retiens de lui crier que je ne lui ai pas demandé son avis, justement, mais ses paroles me font trop souffrir.

– Tu n'aimes pas Parker ? je demande alors qu'elle pose une main sur ma cuisse.

Elle reste silencieuse un long moment, et j'ai l'impression que tout s'effondre autour de moi.

– Je l'appréciais pour le boulot qu'il a fait pour toi. Il t'a encouragée. Il t'a aidée à retrouver ton inspiration. Il est doué pour son travail, c'est indéniable...

– Mais tu ne le trouves pas bien pour moi ? je dis d'une voix rauque.

– Ce n'est pas que je ne le trouve pas bien, c'est juste qu'il n'y a que toi qui changes et qui fais des compromis. Qu'est-ce qu'il a fait pour te prouver son engagement ? demande-t-elle en me prenant dans ses bras.

– En dehors d'accepter d'emménager ensemble, d'acheter une maison et d'adopter des animaux ? je dis d'un ton sceptique.

Je me blottis contre elle car j'ai besoin de sa chaleur, de sa compassion et de son approbation. Je n'ai jamais supporté d'être en désaccord avec les gens que j'aime.

– Je m'inquiète pour toi, c'est tout. Je suis ton amie. Je le suis depuis longtemps. Depuis la mort de tes parents, c'est moi qui m'occupe de toi et qui m'assure que tu es la meilleure dans ton domaine. C'est à moi de te protéger et d'éloigner les menaces, que ce soit un fan, un producteur qui cherche à te sous-payer ou un homme qui s'immisce dans ta vie au point que tu plies bagage sur un coup de tête et que tu achètes une baraque à Boston. À Boston, bon sang ! s'exclame-t-elle d'un ton dédaigneux. C'est une ville, certes, mais ce n'est pas la ville. Tu as toujours dit que c'était New York ta maison.

– Ben oui, parce que beaucoup de tournages et de producteurs sont là-bas, et que tu y es aussi.

– Exactement. Or, maintenant, tu es ici et je dois prendre l'avion pour venir te voir. C'est le bout du monde, ma chérie. Je n'aime pas être aussi loin de toi, mais je ne peux pas abandonner mon entreprise trop longtemps, même pour rendre visite à ma meilleure amie.

– Et à ta meilleure cliente, j'ajoute en souriant.

– Oui, ma meilleure cliente, répond-elle en souriant à son tour. Mais revenons à nos moutons. Est-ce que c'est vraiment ça, toi ? Tu tiens vraiment à rester chez toi pour cuisiner des plats à ton mec ? C'est quoi la suite, tu vas m'annoncer que tu l'épouses ?

Le mariage. Je dois avouer que j'y pense de plus en plus ces jours-ci. J'ai toujours rêvé de trouver mon âme sœur et de construire un avenir à deux, un avenir avec des enfants. Ma propre famille.

– Si Parker me demandait en mariage, je n'hésiterais pas une seconde à dire oui, je dis d'une voix rêveuse, et j'imagine immédiatement Parker en costume, tenant ma main et disant « oui » devant ses amis et sa famille.

– Il t'a demandée en mariage ! s'exclame-t-elle avec des yeux horrifiés.

– Non, je ne l'ai pas demandée en mariage. Mais j'imagine que quand on sautera le pas, tu seras la première au courant, dit Parker en entrant dans la pièce.

Il est à croquer dans son costume bleu à fines rayures blanches, avec sa chemise blanche juste assez déboutonnée pour laisser voir sa peau hâlée. Il vient vers moi en reluquant ma robe courte et légère, et mon sang s'embrase. Je me lève pour passer mes bras autour de son cou et il baisse la tête pour m'embrasser.

C'est le meilleur moment de la journée, quand Parker rentre du travail et m'embrasse avec une passion qui me fait frissonner des pieds à la tête. Dans ces moments-là, j'ai l'impression qu'il est parti depuis un mois, pas dix heures.

Lorsqu'il a eu sa dose, il recule et effleure mon nez avec le sien.

– Salut bébé. Comment s'est passée ta journée ?

Je souris et lève la tête vers lui, laissant tomber mes cheveux dans mon dos.

– Bien. Comme tu peux le voir, Tracey nous fait une visite surprise ! je m'exclame en me forçant à paraître excitée.

Or, pour la première fois depuis que je la connais, je ne le suis pas. Elle aurait dû m'appeler avant, surtout si elle prévoyait de séjourner chez nous. Il est vrai que, par le passé, je vivais seule. Les choses ont changé à présent, et je dois trouver un moyen de clarifier la situation sans la vexer.

– Ah, c'est sympa. Bonjour Tracey, ça fait plaisir de te revoir, dit-il en passant un bras dans mon dos.

– Ouais, je pense rester ici une quinzaine de jours avant que Geneva James n'arrive, dit-elle froidement.

Le visage de Parker s'illumine. Apparemment, il n'a pas compris qu'elle prévoyait de vivre avec nous pendant deux semaines. Il a adoré passer du temps avec Geneva à Londres. Il promène ses doigts sur mon bracelet en cuir où est écrit le mantra « VIS TA VÉRITÉ », puis il se tourne pour s'asseoir sur le canapé, m'entraînant avec lui. J'imite son geste et caresse le bracelet portant son mantra « FAIS CONFIANCE À TON CŒUR ». Je veux qu'il sache que j'ai compris ce qu'il voulait me dire et que j'ai moi aussi adoré notre séjour à Londres.

– Tu vas rester ici deux semaines, Trace ? Ça ne va pas être dur pour ta boîte et tes autres clients ? je demande, espérant qu'elle comprendra qu'elle dérange.

– Oh, ne t'en fais pas, ma chérie, répond-elle en souriant. Je n'ai besoin que de mon ordinateur et de mon téléphone. Je peux travailler n'importe où, et il n'y a pas de plus bel endroit sur terre qu'aux côtés de ma meilleure amie. Ça fait trop longtemps qu'on n'a pas passé de temps ensemble, et avec tous les changements dans ta vie, j'ai pensé que tu avais peut-être besoin de moi.

Bon sang, comment suis-je censée lui dire que je ressens tout le contraire ? Que Parker et moi tenons à notre vie privée et que nous en avons besoin à ce stade de notre relation ? Je soupire contre le cou de Parker, il me rassure en me serrant contre lui.

Je trouverai un moyen. Tant que Parker est à mes côtés, je surmonterai tous les obstacles, même si ceux-ci prennent la forme d'une meilleure amie qui ne comprend pas où est sa place.

CHAPITRE 2
Parker

– J'ai pensé que tu avais peut-être besoin de moi, dit Tracey.

– Excuse-moi, bébé, j'ai raté quelque chose ? je demande à Skyler en étudiant son visage, essayant de comprendre ce qu'elle ne me dit pas.

Elle se lèche les lèvres et tripote ses doigts, ce qui n'est pas bon signe : elle est nerveuse, ou elle me cache quelque chose.

– Sky... je dis en penchant la tête sur le côté.

– Je vais rester ici quinze jours. Je vais passer du temps avec Skyler, rencontrer les producteurs et les investisseurs, et m'assurer que tout est en place pour le début du tournage. On veut que tout soit prêt quand Geneva déménagera ici.

Le ton de Tracey et son langage corporel sont arrogants, voire méprisants, mais pourquoi ? Je me tourne pour voir les deux femmes en même temps.

– Tu viens de dire beaucoup de choses... Tout d'abord, Geneva déménage ici ?

La mine torturée de Skyler disparaît et son visage s'illumine. Mon Dieu, qu'elle est belle quand elle est heureuse ! Enfin, elle est toujours sublime, mais elle est angélique lorsqu'elle sourit ainsi.

– D'après Amy Tannenbaum, son agent, elle a déjà loué un appartement à Boston. Pas loin d'ici, ajoute Tracey.

– Je me demande si elle prévoit de rester ici à long terme ou si ce n'est que pour le film ? dit Skyler d'une voix tout excitée.

Je caresse son bras et recule dans le canapé, ravi d'apprendre la nouvelle. Beaucoup de ses amis sont d'abord les miens, ce serait bien qu'une amie à elle soit dans les parages.

– Maintenant, revenons au fait que tu vas rester ici quelques semaines, je dis en désignant Tracey.

– Ouais, répond-elle en étudiant le salon, j'ai pensé que ce serait marrant de faire des soirées pyjama avec ma meilleure amie.

Tracey sourit, mais je sens Skyler se crisper à mes côtés.

Je hoche la tête et continue de caresser son bras pour la détendre.

– C'est sympa, Tracey, mais j'aurais aimé que tu nous passes un coup de fil avant. Hélas, nous partons dans deux jours.

Tracey fronce les sourcils tandis que Skyler s'exclame :

– Ah bon ?

– Ouais, je voulais t'en parler ce soir, au dîner. Le client dont Royce s'est occupé pendant qu'on était à Washington a besoin de nous tout de suite. La chanteuse a signé le contrat avec le label pour son premier album, mais ils souhaitent qu'on la prépare à affronter la presse, la scène, sa tournée, la télé, et ainsi de suite. Elle est jeune, ma puce. On pensait qu'elle avait la vingtaine, mais elle n'a que dix-neuf ans, en fait. Elle doit être morte de trouille. J'ai peur que Bo et moi soyons trop brusques, alors j'ai pensé que tu pouvais venir et lui faire partager ton expérience du show-business. Tu pourrais lui donner des conseils. Et puis, on pourra passer du temps en Espagne, en amoureux, je conclus en jouant des sourcils.

– T'es sérieux ? demande Skyler d'une voix suave qui me fait bander aussitôt.

Si sa meilleure amie n'était pas là, je remonterais sa robe sur ses hanches et je la prendrais immédiatement sur le canapé.

– Je suis on ne peut plus sérieux, ma pêche. J'ai besoin de toi là-bas, je dis en caressant sa cuisse. Je n'ai pas envie de repartir, mais je n'ai pas le choix. C'est trop tôt et... je... je...

Je ravale le nœud qui se forme dans ma gorge en repensant à tout ce qu'on a affronté durant la dernière mission. La cruauté dont était capable cette entreprise envers ces pauvres animaux m'a profondément chamboulé et, au risque de passer pour une mauviette, je ne suis pas encore prêt à me séparer de Skyler. Elle est un peu comme un doudou, et il est hors de question que je la lâche tant que j'aurai encore peur des monstres qui se cachent dans l'ombre. Sky est la seule à pouvoir chasser mes pensées lugubres.

– Chut, ne t'en fais pas. Je suis là, chuchote-t-elle en caressant ma joue.

Ses yeux caramel brillent sous la lumière tamisée du salon.

– Tu as besoin de moi, je suis avec toi. Tu le sais, chéri.

Je souris en embrassant son pouce lorsqu'elle caresse ma lèvre supérieure. Elle glousse et Tracey se racle la gorge, nous rappelant qu'elle est là.

– Désolée, Trace. Tu peux rester ici si tu veux, mais j'ai besoin de ma nana pour ma mission, je déclare en prenant Skyler sur mes genoux pour la serrer contre moi.

– Je suis sûre que Tracey a plein de choses à préparer pour le tournage : elle doit trouver les cascadeurs, aller voir les lieux de tournage, choisir les garde-robes, et tout le reste. Rick et moi, nous nous sommes vus tous les deux jours pour préparer le scénario et je n'aurai qu'à continuer à répéter avec lui au téléphone.

Skyler m'embrasse sur la joue alors que le cliquetis de petites griffes se fait entendre dans le couloir. Sunny et Midnight viennent de réaliser que je suis rentré. Je me penche pour les prendre dans mes bras et les laisser me lécher le visage.

– Salut les gars, je vous ai manqué, alors ? je demande alors qu'ils se frottent à ma main pour que je les caresse.

Tracey se lève, les poings fermés, tandis que Sky et moi jouons avec les chiens.

– Je suis fatiguée. Je vais aller me coucher. Sky, la chambre d'amis est prête ?

– Carrément, dit Sky en se levant. Tu es sûre ? Tu parlais de prendre un bain...

Tracey me regarde et je vois sa mâchoire se contracter, comme si elle m'en voulait. Sincèrement, c'est elle qui est venue ici sans prévenir, donc je me fiche qu'elle se sente de trop... et elle l'est.

– Non, ça va. Je vais juste me doucher et me coucher. Je suis fatiguée et j'ai du travail de toute façon. On petit-déj ensemble, demain ? demande-t-elle d'une voix à la fois frustrée et pleine d'espoir.

– Carrément !

Skyler sourit et serre son amie contre elle. Quand Tracey tourne la tête vers moi, quelque chose traverse son regard, un éclat que je ne saurais décrire et qui disparaît avant que je n'aie mis le doigt dessus.

– Tu me prépares ce que j'aime ? demande Tracey en se dirigeant vers le hall d'entrée.

– Du pain perdu ? Ça roule !

– Tu es la meilleure amie du monde, répond Tracey d'une voix douce.

– Je te renvoie le compliment ! s'exclame Sky en souriant jusqu'aux oreilles.

Tracey me regarde, puis elle regarde Skyler.

– Bon appétit.

– Merci, dors bien, je réponds en la regardant trimballer ses valises jusqu'à sa chambre.

Je lui aurais bien donné un coup de main, mais sa froideur me déroute.

– C'est quoi son problème ? je chuchote lorsqu'elle s'est éloignée.

Skyler se tourne vers moi, faisant voler sa robe et me laissant voir le haut de ses cuisses, ce que la bête ne manque pas de remarquer.

– Elle est bizarre, répond Skyler en faisant la moue.

– J'avais remarqué, ma pêche. Qu'est-ce qui se passe ? Vous avez parlé avant que j'arrive ? La tension était palpable et vous parliez de mariage, or c'est un sujet qui doit rester entre toi et moi, si tu vois ce que je veux dire ? je dis avec une moue pour qu'elle comprenne que je préfère que cela reste privé.

– Bien sûr, répond Skyler en prenant ma main. Allons chercher les assiettes que j'ai mises au four et allons manger sur le balcon.

Je suis Skyler en lui tenant la main, nos chiots à nos pieds. Elle sort deux assiettes du four et les met sur un plateau, que je prends pendant qu'elle sert un verre de vin blanc et une bière. Ensemble, nous allons sur la terrasse où je découvre qu'elle a préparé un dîner romantique.

– Apparemment, tu n'attendais pas vraiment d'invitée ce soir, je dis en posant nos assiettes sur la table.

– Non, pas du tout, admet-elle d'un ton las. Honnêtement, c'est bizarre.

– Qu'elle débarque sans prévenir ? Carrément, je concède en dépliant ma serviette.

– Ben... oui et non. Elle faisait tout le temps ça quand j'habitais avec Johan et même après, à New York. Mais là, elle a carrément dû prendre un avion pour venir. Elle aurait pu appeler avant pour s'assurer qu'on était à la maison et qu'on n'avait rien prévu.

Je bois une gorgée de bière et pousse un gémissement en découvrant son goût exquis. Skyler est très douée pour choisir les bières, et je ne parle même pas du dîner qui a l'air délicieux. Elle a préparé des blancs de poulet dans une sorte de sauce, du couscous et des asperges braisées.

– Tout d'abord, bébé, le repas a l'air succulent. Merci d'avoir pris la peine de cuisiner et d'avoir sorti les bougies.

Elle sourit jusqu'aux oreilles, et une mèche dorée tombe sur son épaule.

– Ensuite, je pense que tu dois parler à ton amie. Elle doit comprendre que tu ne vis plus toute seule et qu'elle peut te rendre visite, mais qu'elle doit t'en parler avant pour être sûre que ça ne nous dérange pas. Sunny et Midnight trouvent tout juste leurs marques, j'ai encore une fichue mission...

Skyler me caresse le bras de haut en bas.

– Je sais, chéri. Et je suis désolée. Je vais lui parler. C'est juste que...

Elle se mord la lèvre et regarde le soleil couchant.

– C'est juste que quoi ? Elle a dit quelque chose ?

Elle soupire et déplace son poulet dans son assiette, sans le manger, alors que je coupe un morceau du mien. Le parfum d'ail et d'épices envahit délicatement ma bouche. La viande est recouverte d'une sauce aux herbes qui est tout simplement sublime. Sky me regarde et sourit alors que j'avale une autre bouchée du meilleur poulet que j'aie jamais mangé.

– Waouh, tu es vraiment douée, je marmonne, la bouche pleine.

– Je suis contente que ça te plaise. C'est une autre recette que m'a apprise ma mère.

Elle m'offre un sourire mélancolique, comme chaque fois qu'elle parle de sa mère. J'espère qu'un jour elle pourra en parler en éprouvant de la joie plutôt que de la tristesse.

– Eh bien, ta mère devait être une sacrée cuisinière, bébé, parce que tu es une super-chef, je dis en avalant un morceau d'asperge.

– Tracey pense qu'on va trop vite, déclare Skyler.

Je cesse immédiatement de mâcher et j'observe ma nana, qui me paraît très anxieuse.

– Tu es d'accord avec elle ?

J'attends patiemment sa réponse en me retenant de réagir au quart de tour.

– Je n'ai jamais été aussi heureuse, répond-elle en secouant la tête. Comment une relation qui m'apporte autant de joie peut-elle être trop précipitée ?

Je tends la main pour prendre la sienne et je la porte à ma bouche pour embrasser chacun de ses doigts.

– Parce que ce n'est pas le cas. On avance à la vitesse qui nous convient... à nous. Je suis heureux, et toi aussi. Ma mère est folle de joie. Les mecs t'adorent, Wendy est ta plus grande fan. Mon frère m'a dit que tu étais la femme la plus canon sur terre et que je devrais te passer la bague au doigt avant que tu ne m'échappes, je réponds en lui lançant un clin d'œil.

Skyler glousse et rougit légèrement.

– Ne pense pas trop à ce que dit Tracey. Il n'y a que notre avis qui compte. Elle est peut-être ta meilleure amie et elle te connaît depuis longtemps, mais ce n'est pas elle qui vit ta vie. C'est toi. Et moi. Nous sommes les mieux placés pour savoir ce qui est bon pour nous. Et pour l'instant, ce qui est bon, c'est d'habiter ensemble et de construire notre avenir avec nos chiots. Tu en as toujours envie ?

– Mon Dieu, oui, dit-elle d'un ton émerveillé. C'est tout ce dont je rêve. Un jour, Parker, je veux être une bonne femme et une bonne mère. J'aime être actrice, mais je n'ai pas besoin d'argent. J'en ai assez pour tenir toute une vie. Ta carrière marche bien. Ensemble, je sais qu'on aura une vie superbe, et c'est tout ce que je demande.

– Alors, cesse de t'inquiéter. Tracey pense sans doute bien faire. C'est normal qu'une amie te mette en garde, mais elle n'a pas à se faire de souci. On est solides, toi et moi, et je ne vois pas ce qui pourrait changer ça. Jamais.

Skyler sourit, prend mon visage dans ses mains et m'embrasse fermement sur la bouche.

– Merci. Tu trouves toujours les mots pour me rassurer.

– C'est mon job, ma belle. Ton bonheur est ma seule priorité.

Elle se penche de nouveau, mais cette fois son baiser est tendre.

– Je t'aime.

– Je t'aime aussi. Maintenant, est-ce qu'on peut finir ce délicieux repas avant que je te fasse grimper aux rideaux ?

Elle frissonne et m'embrasse sur la mâchoire.

– Absolument, répond-elle d'une voix suave.

– Super. Finis ton assiette. Tu vas avoir besoin de forces. Je crois qu'une longue nuit d'amour est au programme. Je veux te voir jouir en chevauchant ma queue, peut-être aussi en chevauchant ma bouche.

– Et si je te disais que je n'ai pas faim ? répond-elle en souriant.

Je secoue la tête alors que je suis sur le point de prendre une bouchée de poulet.

– Je répondrais que tu vas être affamée après.

– Chéri… murmure-t-elle d'une voix rauque alors que son regard s'embrase.

– Dépêche-toi de manger, j'ordonne.

Elle se lèche les lèvres, pique une asperge avec sa fourchette et en lèche la pointe lentement, sans me quitter des yeux. Ensuite, elle prend l'asperge dans sa bouche et la ressort délicatement en gémissant.

– Je n'ai plus faim, je grogne en laissant tomber ma fourchette. Plutôt, j'ai faim de toi, tu es bien plus chaude et appétissante que le plat que tu m'as préparé.

Je me lève brusquement puis je me penche pour prendre Skyler sur mon épaule et filer en direction de notre chambre, elle rit aux éclats.

◆ ◆ ◆

– C'est ça… chevauche-moi, je gronde en empoignant ses hanches. Putain, oui, plus vite.

Skyler gémit, une main dans ses cheveux, l'autre sur mon épaule. Je suis adossé à la tête de lit, les genoux relevés, enfoui dans sa chaleur humide.

– Bon sang, tu es une cavalière hors pair.

Mes testicules se contractent et une vague de chaleur me parcourt pour s'accumuler au creux de mes reins.

Elle penche la tête en arrière, laissant tomber ses cheveux jusqu'à ses fesses, chatouillant le bout de mes doigts. Son souffle est rapide et je caresse son ventre avant de titiller son nombril avec mon pouce. Je remonte ma main jusqu'à ses seins puis sa gorge, que j'empoigne pour sentir le rythme effréné de son cœur. Je caresse sa joue en effleurant sa bouche, et elle l'ouvre pour sucer mon pouce et le lécher, me rappelant ce qu'elle sait faire avec mon sexe.

– Baise-moi... je grogne en l'enfonçant plus fort sur ma queue et en serrant la mâchoire pour ne pas jouir sur-le-champ.

J'ai envie que ça dure, toute l'éternité si possible.

Skyler suce plus fort mon pouce et elle soupire juste avant que les parois de son sexe ne se verrouillent. J'enlève mon doigt de sa bouche et je plonge ma main dans ses cheveux pour ramener son visage près du mien et l'embrasser fougueusement. Elle pousse un cri, son corps est parcouru de spasmes et elle serre les cuisses sur les miennes en frottant son clitoris sur l'os de mon bassin.

– Chéri... gémit-elle contre mes lèvres.

– Putain, oui, tu jouis. Tu me chevauches comme une championne et tu me fais atteindre le paradis, je grogne en continuant de la soulever sur mon sexe alors que son regard est perdu dans le vide. Maintenant, c'est mon tour, je chuchote dans son oreille.

Je passe mes bras dans son dos et la fais rouler sur le lit pour être sur elle, puis je remonte ses genoux jusqu'à ses oreilles, baissant la tête pour voir son sexe grand ouvert autour du mien, encore trempé par son orgasme.

Je m'oblige à ralentir pour ne pas perdre le contrôle, entièrement concentré sur mes gestes.

– Tu es sublime, Sky. Chaque centimètre de ton corps est parfait, et tout à moi. Pour toujours.

– Parker ! gémit-elle, déjà en route pour un autre orgasme.

Je vois son visage se transformer, et son regard s'embrase de nouveau.

– Baise-moi, dit-elle, répétant mes paroles.

Or, c'est elle qui tient les rênes. Elle contracte les muscles de son sexe sur mon gland alors que je me retire, laissant la pointe en elle.

– Alors comme ça, tu veux jouer ? je grogne en la pénétrant de nouveau.

– Absolument, répond-elle avec un sourire aguicheur.

– Qu'est-ce que je t'ai dit avant qu'on commence, ce soir ?

– Hmmm...

Elle s'étire autant que possible, essayant de baisser les jambes pour me prendre dans ses bras.

– Non, chérie. J'ai dit que j'allais te faire grimper aux rideaux et je tiens toujours parole.

C'est la seule mise en garde que je lui offre avant de m'enfouir brusquement en elle, accélérant mes va-et-vient, frappant ce petit mur de chair qui la rend folle et la fait jouir à chaque fois.

La chaleur de nos corps augmente encore et mon torse se couvre de sueur. Ses yeux sont fermés, sa tête monte et descend sur l'oreiller à chacun de mes allers-retours.

– Parker, chéri, je ne peux pas. Je ne peux pas...

Elle enfonce sa tête dans le coussin et lève le menton, la bouche ouverte, poussant un cri silencieux.

– Bien sûr que si, je réponds en redoublant d'efforts et en glissant ma main entre nous.

Avec deux doigts, je dessine des cercles autour de son clitoris enflé par son dernier orgasme.

– Par... ker ! s'écrie-t-elle.

Je m'empare alors de sa bouche pour me noyer dans son odeur et étouffer son cri.

Je continue de m'enfouir en elle jusqu'à ce que les muscles de mes cuisses et de mes bras n'en puissent plus. Je lâche alors ses jambes et la laisse m'entourer tandis que je passe mes mains sous son dos pour saisir ses épaules, plongeant mon visage dans son cou, sans cesser mes coups de bassin.

Continue.

Ne t'arrête pas.

Jamais.

– Je t'aime. Je t'aime. Je t'aime, je murmure, fou de désir et d'amour.

Je serre plus fort ses épaules et elle accompagne mes mouvements en me plaquant contre elle avec ses jambes.

– Oui, chéri, c'est ça. Laisse-toi aller.

Elle me tient contre elle alors que j'essaie de fusionner nos corps pour ne devenir plus qu'un. Mon orgasme embrase mon sang, remontant dans mon dos pour foncer dans mon bas-ventre puis dans mon sexe, se déversant en elle et la faisant mienne de la façon la plus primitive qui soit.

Elle est toute à moi.

Je pousse un long gémissement rauque et mes allers-retours ralentissent, mais Skyler ne desserre pas son étreinte, restant avec moi jusqu'à la toute fin. Je vide tout l'air de mes poumons en roulant sur le dos, emportant ma nana avec moi pour qu'elle s'allonge sur moi. Elle me laisse faire, épuisée, m'embrassant ici et là, partout où sa bouche peut m'atteindre sans qu'elle ne bouge. Elle caresse mon torse lentement, du bout des doigts.

– Comment ça va, ma pêche ? je demande en caressant sa joue.

Elle fredonne, lève la tête et me regarde droit dans les yeux.

– Tu avais raison. Je suis morte de faim.

J'éclate de rire et nous sommes bientôt deux adolescents, riant, gloussant, se murmurant des « je t'aime » et des promesses d'éternité.

Une dizaine de minutes plus tard, j'enfile un pyjama et file à la cuisine pour préparer à ma femme son plat préféré : un sandwich à la confiture et au beurre de cacahuète, avec un grand verre de lait froid.

CHAPITRE 3
Skyler

– Bonjour ma belle, dit Tracey derrière moi.

Je souris en saupoudrant de sucre glace les tranches de pain perdu dégoulinantes de sirop d'érable.

– Tadam ! je clame d'un ton joyeux en me tournant vers mon amie et en lui présentant son petit déjeuner.

Tracey sourit et plaque ses mains sur sa poitrine.

– C'est pour moi ? Oh, il ne fallait pas ! Non, oublie ce que j'ai dit, t'as bien fait, c'est super !

– Je te sers un café ? je demande pendant qu'elle s'installe sur un tabouret.

– Avec plaisir !

– Ça arrive tout de suite.

Tracey semble de bonne humeur ce matin. Je n'ai pas oublié que je dois lui parler de mes projets avec Parker afin qu'elle comprenne que ces derniers n'ont pas changé. Elle a beau penser que nous allons trop vite, Parker et moi sommes d'accord sur les changements à venir. C'est tout ce qui compte, et en tant que meilleure amie, Tracey doit me soutenir ou, si elle continue de penser que je commets une erreur, elle doit se taire et me laisser faire.

Je me prépare à aborder le sujet lorsque mon téléphone vibre sur le plan de travail. J'y jette un coup d'œil, c'est Wendy. Son mariage est dans deux mois et l'organisation est passée à la vitesse supérieure. Je suis sa demoiselle d'honneur et je veux que tout soit parfait pour son grand jour.

– Salut meuf ! je m'exclame en décrochant.

– Devine quoi ! s'écrie-t-elle d'une voix aiguë et tout excitée.

– Quoi ?

– Tu vas être folle de joie ! C'est le destin !

– Je serai sans doute d'accord avec toi, mais il faut d'abord que tu me dises de quoi tu parles ! C'est à propos du mariage ?

Tracey hausse les sourcils, je couvre mon téléphone pour lui expliquer.

– Wendy et Mick.

– Ah ! Ouf, marmonne-t-elle avant d'avaler une bouchée de pain perdu.

Je fronce les sourcils et lui tourne le dos pour ne pas la voir grimacer.

– Pas du tout ! Je parle d'immobilier et de ton rêve d'acheter un bien dans ma résidence !

– Tu plaisantes ? je m'exclame alors que mon cœur bat la chamade. Quelque chose s'est libéré ?

– Aujourd'hui, oui ! Je promenais Lauren, tu sais combien elle aime les longues balades. Je suppose qu'après avoir vécu deux ans dans une cage, elle a besoin de liberté. Elle n'est satisfaite que si la route devant elle est longue et si l'herbe s'étend à perte de vue. Et comme je veux que mon bébé soit heureux, Mick et moi allons la promener à tour de rôle...

– Wendy… tu te disperses, là. Allez, crache le morceau !

Je lui coupe la parole, car Wendy est raide dingue de sa chienne et elle peut en parler pendant des heures. Cela dit, je la comprends, je fais la même chose avec Midnight et Sunny. Grâce à eux, Parker et moi formons une famille et ça, ça n'a pas de prix.

– Ah oui, pardon. Lauren et moi avons tourné à gauche au bout de la rue et on a croisé la voisine qui promenait son chien. On a discuté, et elle m'a dit qu'ils mettaient leur maison en vente d'ici la fin de la semaine. Et meuf, la maison est énorme. Elle ressemble à une ferme, avec un porche qui fait tout le tour de la maison. Elle n'a qu'un étage, mais elle doit faire entre mille deux cents et mille quatre cents mètres carrés, donc elle est loin d'être petite.

– Mon Dieu… je chuchote en imaginant Parker assis sur un fauteuil à bascule, sur le porche, son chien à ses pieds et ses enfants à ses côtés. Il y a beaucoup de terrain ?

– Cinq hectares. Il y a même une maison d'amis séparée, d'environ cent soixante-dix mètres carrés, avec une entrée et un garage privés.

– Mais non…

– Mais si ! Et attends, ce n'est pas fini… dit-elle d'une voix toujours plus aiguë.

– Arrête, Wendy, je suis déjà trop excitée !

– Chérie… elle est jaune, avec des moulures blanches. Je te promets qu'on dirait une ferme du Sud qui aurait été déplacée en banlieue de Boston.

La maison de rêve de Parker.

– Quand est-ce que je peux aller la voir ? Ils la mettent tout de suite en vente ? Parker et moi partons pour Madrid demain, je dis en me mordant la lèvre et en enroulant une mèche sur mon index.

– Dans ce cas, j'ai bien fait de prendre rendez-vous pour que vous la visitiez ce soir, après le travail. J'ai dit à la propriétaire que je connaissais un couple génial qui serait prêt à l'acheter tout de suite. Elle était ravie, parce qu'ils sont assez pressés : apparemment, son fils unique et ses trois enfants déménagent en Floride parce qu'il est dans l'armée. Elle veut être près de ses petits-enfants, et son mari leur a déjà trouvé une nouvelle maison.

– Ça semble trop beau pour être vrai ! je chuchote alors que mon cœur bat la chamade.

– Je sais. On va être voisines ! Nos chiens pourront jouer ensemble et quand on aura des enfants... et crois-moi, Mick fait tout pour qu'on en ait, ils seront meilleurs amis !

– Ce serait génial !

Je nous vois déjà déjeuner avec Mick et Wendy et nos enfants, le dimanche, ou avec les parents de Parker pour les fêtes et les anniversaires. J'imagine les mecs venir avec leurs copines potentielles et jouer au football américain sur la pelouse ou au basket dans l'allée.

– Il nous faudra un panier de basket.

– Carrément, tout ce que tu voudras ! Tu auras tellement de place que tu pourras construire une grange et y mettre des chevaux, si tu veux !

Des chevaux.

– Waouh. Wendy, je ne tiens plus en place. J'ai hâte de le dire à Parker !

– Non, mais tu crois sérieusement que je serai capable de me taire quand il va arriver au bureau ? T'es folle ! J'ai déjà noté le rendez-vous dans son agenda. Sois là à dix-sept heures et on ira ensemble pour que je vous présente aux propriétaires.

– Merci, Wendy. C'est une super-nouvelle qui tombe à pic !

– Je sais. Oh, Parker vient d'arriver ! Faut que je lui parle ! Aaaargh !

Je raccroche en souriant jusqu'aux oreilles.

– Qu'est-ce qui se passe ? demande Tracey avec une mine étrange.

– Wendy vient d'apprendre qu'une maison se libère dans la résidence où elle habite. C'est hypersécurisé, mais c'est magnifique, avec des pelouses à perte de vue. Une de ses voisines déménage en Floride et met sa maison en vente. Comme elle l'a su avant tout le monde, on va la voir avant même qu'elle ne la mette officiellement sur le marché. Tout ce dont j'ai toujours rêvé est en train de se réaliser ! je m'exclame en faisant un tour sur moi-même. Ah, et tant que j'y pense, il faut que je te dise que quand j'aurai fini les films de Geneva James, je vais faire une pause.

Tracey laisse tomber sa fourchette dans son assiette et s'essuie la bouche en me fusillant du regard.

– Je te demande pardon ?

– Je veux construire quelque chose en dehors de ma carrière au cinéma, je réponds en souriant. J'ai même envisagé d'ouvrir une école pour acteurs, ici, à Boston. Je travaillerai avec des enfants défavorisés et des adolescents qui semblent prometteurs et je les aiderai à lancer leur carrière.

– Mais de quoi tu parles, putain ? Des enfants défavorisés ? Tu peux donner au Secours populaire, bon sang, si tu veux aider les pauvres ! rétorque Tracey d'un ton glacial.

Je recule et pose mes mains sur le plan de travail, choquée par sa rage soudaine.

– Je t'ai dit il y a longtemps que quand le moment serait venu, je ralentirais pour me concentrer sur d'autres projets.

– Skyler, ce n'est pas du tout le moment. Tu es au sommet de ta carrière. Tout le monde se bat pour t'avoir. Tu as une idée du nombre de scénarios qui atterrissent sur mon bureau ? Je ne les regarde même pas s'ils ne te proposent pas au moins dix millions de dollars.

– Mais si un des rôles était sur ma liste d'envies ? Si c'est du théâtre ?

Quand ma carrière a commencé à décoller, j'ai donné à Tracey une liste de réalisateurs avec lesquels j'aimerais travailler ou de rôles que j'aimerais jouer, y compris au théâtre.

– Sky, les théâtres n'ont pas les moyens de t'engager, répond-elle sèchement. Ce serait une perte de temps.

– Pas si c'est un rôle qui me plaît. Tracey, tu sais que j'ai mis longtemps à dresser cette liste. En fait, maintenant que j'y pense, ça fait une éternité que tu ne m'as pas proposé quelque chose qui était dessus. J'ai fait les films de la série *Sauvage*, et c'était amusant, mais on ne peut pas dire que le rôle était difficile.

– Peut-être pas, ricane-t-elle, mais ils t'ont payé une fortune et tu es devenue une star. Il n'y a que les films à gros budget qui comptent. Ça nous offre à toutes les deux des penthouses et ça nous place en haut de la pyramide.

– Trace, je me fiche d'être au sommet. C'est le métier qui m'intéresse. Pourquoi tu crois que j'allais aussi mal quand tu as embauché Parker ?

– Ne t'en fais pas, c'est une erreur que je ne me pardonnerai jamais, dit-elle d'un ton malicieux.

– Quoi ? Tu es folle ? Parker est la plus belle chose qui me soit arrivée. Il est tout ce que je désire et tout ce dont j'ai besoin, et quand on se mariera – pas si –, je lui proposerai rapidement de fonder une famille. Quand je vois l'amour qu'il a pour la sienne, je sais que ça ne lui posera aucun problème. Les choses changent, Tracey. Je ne veux plus jouer dans des films à gros budget à moins que les rôles m'intéressent vraiment et qu'ils ne m'obligent pas à abandonner les gens que j'aime pendant des mois et des mois. Je ne le ferai plus.

– Tu n'es pas sérieuse, Sky ? Tu es au début de ta relation avec Parker et tout est encore rose, mais ça passera, comme c'est passé avec Johan.

– Non. Johan était un drogué et il me trompait. Parker n'est pas comme ça.

– Attends un peu et tu verras. Il me suffira de lui proposer du fric et un rail de coke, comme je l'ai fait avec Johan, et il montrera sa vraie nature, ne t'en fais pas.

– Comme tu l'as fait avec Johan... je répète d'une voix rauque, et ma gorge se noue.

Soudain, je revois Johan et Tracey chuchoter dans mon dos. Je me souviens qu'elle passait souvent sans prévenir, toujours avec un colis pour Johan. Quant aux femmes avec lesquelles il me trompait, elles avaient toutes des rôles secondaires dans mes films.

Mon cœur bat la chamade et je peine à respirer. J'inspire plusieurs fois pour calmer l'angoisse qui me glace peu à peu le sang.

– Trace, est-ce que tu...

– Est-ce que je fournissais à Johan sa coke et ses putes ? demande-t-elle avec un sourire machiavélique. Ouais, ma belle. Absolument.

– Mais pourquoi... pourquoi ? Il était tout ce qui me restait après la mort de mes parents.

– Il était tout ce qui te restait ! s'exclame-t-elle. Chérie, ce type était faible et il l'a prouvé chaque fois qu'il a sniffé les rails que je lui apportais. Il n'était pas assez bien pour toi. Il se jetait sur toutes les femmes qu'il rencontrait.

C'était une mauviette, je te dis. Il fallait que tu t'en débarrasses, j'ai juste accéléré les choses. Je t'ai toujours protégée et je n'arrêterai jamais.

Mes yeux se remplissent de larmes tandis que je prends conscience de la trahison de ma meilleure amie.

– Tracey... je... j'ai du mal à le croire. Comment tu as pu me faire ça ? Je croyais... Je l'aimais !

– Et je t'ai aidée à voir qu'il ne méritait pas ton amour, répond-elle froidement. Tu ne vois pas que je t'ai évité une vie misérable ?

– Tu as été trop loin, je dis en secouant la tête. Je ne sais même pas quoi faire de ce que tu me dis. Tu as franchi la ligne... je murmure en sanglotant.

J'ai besoin de prendre l'air, d'aller quelque part sans elle.

Tracey se lève et fronce les sourcils tandis que je recule.

– Birdie...

– Ne m'appelle pas comme ça ! je m'écrie. Tu m'as fait souffrir ! Tu as détruit ma relation avec un homme bien !

Elle secoue rapidement la tête et continue de venir vers moi, mais je recule.

– Non, Sky, penses-y une minute. S'il t'avait méritée, s'il avait été digne de ton amour, il ne t'aurait jamais trompée. Il n'aurait jamais sniffé toute cette coke. Ce n'est pas parce que je lui en ai facilité l'accès que c'est moi qui suis en tort.

– Tu as contribué à son problème, à son addiction ! je m'exclame en me passant la main dans les cheveux et en les tirant pour me ramener à la réalité.

– Quand tu auras digéré ce que je t'ai dit et que tu seras raisonnable, tu comprendras, dit-elle sur ce ton maternel qu'elle emploie quand je panique. C'est à moi de te protéger, c'est mon travail. Je place toujours tes intérêts en premier. Depuis que je suis devenue ta manager, après la mort de tes parents dans l'explosion du bateau, je suis là pour toi. Je t'ai aidée à avoir les rôles les mieux payés et j'ai fait en sorte que tu sois fière de ta carrière. Qu'on en soit fières, toutes les deux. C'était moi, ça. Tu as toujours été ma priorité... toujours. Même quand tu as dit à ta mère que tu voulais arrêter le show-business. J'étais là pour m'assurer que tu prendrais la bonne décision. Je me suis bien occupée de toi et je n'arrêterais jamais, parce que c'est mon rôle, Sky, en tant que manager et meilleure amie.

Ses paroles m'émeuvent, mais je suis trop perturbée pour y voir clair. Je n'arrive pas à encaisser le choc, elle m'a menti pendant toutes ces années. Elle m'a trahie.

– Tu ne m'as rien dit pour Johan. Je l'ai découvert toute seule.

Elle hoche la tête, la mine triste.

– Parce que si ça n'avait pas été le cas, tu ne l'aurais jamais quitté. Je suis désolée que tu aies dû traverser cette épreuve, mais j'étais là pour toi, non ? Je t'ai prise dans mes bras quand tu pleurais, je me suis assurée que tu avais du travail pour que tu te concentres sur des choses positives, comme bâtir ta carrière et ton empire.

Ce qu'elle dit et vrai, elle s'est occupée de moi et m'a aidée à ne pas sombrer après la mort de mes parents et, de nouveau, quand j'ai surpris Johan en train de me tromper.

Toutefois, je n'arrive pas à concevoir qu'elle ait participé à son autodestruction. C'est insensé, je ne sais plus quoi croire ni penser.

– Je crois qu'il faut que tu partes, je dis froidement. Sors de chez moi.

– Tu me fous dehors ? s'exclame-t-elle.

– Tu n'habites pas ici. Tu es venue sans me prévenir. Tu n'auras aucun mal à trouver un hôtel ou à rentrer à New York. Honnêtement, Tracey, je ne veux plus te voir. J'ai besoin de réfléchir.

Elle vient vers moi en tendant la main.

– Sky, tu ne penses pas ce que tu dis. Et tu n'as pas besoin de temps pour réfléchir. J'ai agi ainsi pour te protéger d'un homme qui n'était pas digne de toi. Je savais qu'il finirait par te faire du mal, et c'est ce qu'il a fait. Au moins, il ne t'a pas épousée et vous n'avez pas eu d'enfants, sinon tu ne serais pas ici aujourd'hui.

J'écoute ce qu'elle dit, mais je n'arrive toujours pas à croire qu'elle ait aidé quelqu'un à se faire du mal et à me faire souffrir.

– Il faut que tu partes, je dis en ouvrant le tiroir pour prendre la laisse des chiens. Venez ici, vous deux !

Midnight et Sunny arrivent en courant dans la cuisine et sautillent autour de moi. Je retiens mes larmes, j'attache leurs laisses et me dirige vers l'ascenseur.

– Sky ! reviens, parlons-en.

Je tends le bras pour l'arrêter. Du haut de ses cinquante centimètres, Midnight se met à grogner et s'interpose entre elle et moi. Sunny couine et se cache derrière mes jambes et je suis encore plus furax contre Tracey de voir qu'elle fait peur à mon bébé. Cette chienne a vécu assez de choses affreuses durant sa courte vie, elle n'a pas besoin que quelqu'un qui est censé faire partie de la famille lui fasse peur.

– Je ne veux rien entendre, tu en as assez dit. Maintenant, je le répète : j'ai besoin de temps pour réfléchir et pour être seule. Fais tes valises et va à l'hôtel ou rentre à New York.

L'espace d'une seconde, je suis fière de moi de lui tenir tête et de parler franchement au lieu de me recroqueviller sur moi-même et d'ignorer mes sentiments pour protéger les siens. Parker serait fier de moi, aussi.

Parker.

J'ai désespérément besoin de le voir.

– Très bien, je vais partir, rouspète Tracey. Mais je reste à Boston. Je serai là quand tu rentreras de ton voyage et que tu seras prête à parler. Ça te laissera le temps de réaliser que tout ce que j'ai fait, c'était pour toi. Parce que je t'aime. Parce que je tiens à toi plus qu'à quiconque. Quand tu auras eu le temps de réfléchir, tu verras que c'est vrai.

Elle part en direction de sa chambre et je monte dans l'ascenseur pour descendre aux bureaux d'*IG*.

◆ ◆ ◆

– Waouh, c'est une sacrée histoire, bébé, dit Parker tandis que nous marchons main dans la main dans le jardin public, près de son bureau.

Nous tenons chacun une laisse, et cette fois, Sunny est promenée par son papa tandis que je me charge de Midnight.

– À qui le dis-tu...

Je me concentre sur la brise qui agite mes cheveux et sur le rayon de soleil qui illumine ceux de mon homme, leur donnant des reflets cuivrés. Les Ray-Ban écaille qu'il porte vont parfaitement avec son style business-casual.

– Au moins, pour l'instant, elle n'est plus à la maison. Et puis on part en Espagne demain soir, ça te laissera le temps de réfléchir à tout ça.

– Au fait, est-ce que tu as parlé à Wendy ?

Il s'arrête pour attendre Sunny qui renifle un buisson, suivie de près par son frère qui décide de faire pipi dessus, par mesure de précaution.

– À propos de la maison ? Oui, répond Parker en souriant. Tu en penses quoi ?

– Que ça semble parfait pour nous.

– Je suis d'accord. Néanmoins, elle ne se vendra pas à moins de dix millions de dollars, et c'est sans parler des taxes foncières et de copropriété qui ne vont pas être négligeables.

– Chéri, si on aime cette maison, je veux l'acheter. On bâtit notre avenir ensemble, et j'ai vingt fois cette somme sur mon compte en...

– Chut, dit Parker en appuyant un doigt sur ma bouche. J'essaie de mettre de côté mon machisme et mon besoin d'offrir à la femme que j'aime tout ce qu'elle désire, explique-t-il en posant sa main sur ma joue.

– Mais je veux t'offrir tout ce que tu désires moi aussi, je chuchote en faisant la moue.

– Il m'a fallu du temps ainsi que de nombreuses conversations avec Royce et Bo pour accepter le fait que tu auras toujours plus d'argent que moi, c'est inhérent à la nature de ton travail. Toutefois, je veux quand même contribuer. Alors, voilà ce que je pense...

Je souris jusqu'aux oreilles, ravie qu'il soit prêt à faire des compromis pour notre avenir.

– Je paierai vingt pour cent du prix de la vente pour accélérer l'achat. J'ai la somme en liquide. Tu pourras payer le reste, comme ça, on n'aura pas de crédit à rembourser.

– Chéri... je chuchote, et ma vue se brouille.

Je ne peux qu'être émue de voir ce qu'il est prêt à faire pour moi en dépit de ce que cela lui coûte.

– Chut, je n'ai pas fini, écoute-moi...

Je hoche la tête en souriant timidement.

– Tous les ans, je paierai l'impôt foncier et les taxes de copropriété. En revanche, tu es libre de meubler la maison et de la décorer comme tu le souhaites, du moment que tu n'oublies pas que je suis un homme. Je ne veux pas de rose dans ma chambre. Sur une cravate ou pour une chemise, pourquoi pas, mais pas de rose dans la chambre ou dans les pièces à vivre. Je sais que tu privilégies le confort plutôt que le coût, donc il ne devrait pas y avoir de problème. Cependant, c'est moi qui achète notre lit. Je veux te faire l'amour et te faire hurler de plaisir dans un lit que j'aurai payé. Point à la ligne. Voilà ma proposition.

– J'accepte !

Je saute dans ses bras. Je l'embrasse longtemps, fougueusement, jusqu'à ce que j'entende des cliquetis d'appareils photo quelque part derrière nous. Je recule la tête en souriant jusqu'aux oreilles. Je sais que je me donne en spectacle, et je m'en contrefiche.

– Tu sais qu'on va encore se retrouver en première page des magazines people, d'ici à Tombouctou ? fait-il remarquer, mais son regard pétille de malice.

– Tu viens vraiment d'accepter un compromis concernant l'achat de notre maison et de notre lit, pas ton lit ni le mien mais le nôtre ?

– Exactement, répond-il en m'embrassant sur la gorge avant de respirer mon parfum.

Je repose les pieds par terre, mais il ne lâche pas mes fesses, habitué à me peloter sous l'œil des caméras. Je commence à me demander s'il ne fait pas exprès, en fait, pour que le monde entier sache que je lui appartiens.

– J'ai hâte de voir la maison ! J'espère que c'est la bonne pour nous. C'est le timing parfait et on vivra juste à côté de Mick et Wendy, ce qui est encore mieux. En plus, ce n'est pas loin de ton travail et des lieux de tournage sur lesquels je serai pour les prochaines années.

– Ça semble parfait, en effet, répond Parker en m'embrassant sur le front. Mais ne t'emballe pas trop. Je ne veux pas que tu sois triste pendant notre séjour en Espagne.

– C'est impossible. Je serai avec toi, donc quoi qu'il arrive, on passera un super-moment.

– C'est vrai. Allez, viens, les chiots s'impatientent.

Je baisse la tête et découvre que les chiens ont emmêlé leurs laisses jusqu'à être complètement bloqués. Une fois que je les ai démêlés, nous reprenons notre balade et Parker passe son bras autour de mes épaules.

– Tu te sens mieux ? demande-t-il.

– Tu sais bien que je ne suis jamais triste quand je suis dans tes bras, chéri.

– Je parlais de Tracey, répond-il en riant.

– Je n'aime pas du tout ce qu'elle a fait pour me pousser à rompre avec Johan. Il n'était pas l'homme de ma vie, c'est vrai, mais qu'est-ce qui me dit qu'elle n'essaiera pas de faire la même chose avec toi ?

Parker éclate de rire et me serre contre lui.

– Oh, ma pêche... Qu'elle essaie seulement de s'immiscer entre nous. Elle y laissera sa peau, je te le garantis. Cela dit, elle a toujours été cordiale avec moi. Elle ne m'a jamais proposé de drogue, ni de femmes, ni d'argent.

– Peut-être parce qu'elle sait que tu ne succomberais pas à ces propositions-là, Dieu merci, je réponds en repensant à ce que j'ai enduré quand j'ai découvert que Johan me trompait.

Il m'a fallu longtemps pour me reconstruire après ça.

– Ce n'est pas faux. Je ne vois pas ce qu'elle pourrait faire pour nous séparer. Elle a beau penser qu'on va trop vite, elle n'a jamais laissé entendre que notre couple lui posait problème. Elle a organisé les interviews avec la presse, elle a écrit les communiqués, et ainsi de suite. Je ne pense pas qu'elle devienne mon amie parce que c'est à cause de moi qu'elle passe moins de temps avec toi. Néanmoins, elle sait que je n'essaie pas de m'immiscer entre vous. Je suis sûr que tout ça s'arrangera, que vous vous rapprochiez de nouveau ou que vous vous éloigniez pour de bon. Quoi qu'il en soit, je serai à tes côtés et je te soutiendrai.

– Je regrette un peu qu'on soit dans le parc et qu'on soit suivis par des paparazzis, je rouspète.

– Ah, et pourquoi ?

– Parce que j'ai super envie de toi, tout à coup.

Son regard s'embrase, il se penche pour m'embrasser sur la tempe.

– Heureusement que j'ai un canapé confortable dans mon bureau et que les murs sont insonorisés, alors. Je ne serais pas contre te pencher sur l'accoudoir et te prendre par-derrière en titillant ton joli bouton de rose…

– Chéri… je chuchote en frissonnant.

– On dirait que ma nana a envie que je la prenne dans mon bureau ?

– Ouais… je réponds d'une voix rauque.

– On rentre, les enfants, dit-il en prenant les deux laisses dans ses mains et en partant d'un pas décidé vers son immeuble. Apparemment, je n'ai pas accompli mon devoir hier soir, ma belle. Je pensais que tu tiendrais au moins jusqu'à ce soir… rouspète-t-il en feignant d'être agacé.

Je souris durant tout le trajet jusqu'à son bureau, visualisant déjà son canapé. Ma culotte est trempée et mon cœur est si plein d'amour que je peine à respirer.

CHAPITRE 4
Parker

– Elle est parfaite.

J'observe d'un regard émerveillé la façade jaune de la maison et ses moulures blanches. Un porche fait tout le tour de l'édifice, me rappelant tant celui de mes grands-parents que j'en ai le souffle coupé.

Skyler effleure mon bras avec son nez et me prend dans ses bras sans quitter la maison des yeux.

– Que penses-tu de l'intérieur ?

J'étudie le bâtiment dans le soleil couchant. Devant, une pelouse s'étend sur des centaines de mètres jusqu'à une haie d'arbres qui sépare la propriété de la suivante.

– Hmmm.

Le soleil illumine les brins d'herbe et je me vois déjà y lancer un Frisbee pour mes chiens. On jouera au foot avec les gars, puis avec nos futurs enfants. Skyler s'installera dans l'herbe sur une couverture, pour bronzer dans une petite robe légère.

– L'intérieur, Parker ? répète-t-elle en me faisant tourner la tête vers la maison.

– Il y a beaucoup de meubles anciens, je réponds en grimaçant, faisant glousser Skyler.

– Oui, et ils seront tous enlevés dans les quatre à six semaines à venir. Il y a sept chambres et quatre salles de bains. Il y a une salle de jeux, un sous-sol immense entièrement aménagé, une cuisine ouverte et une salle à manger. Il y a deux grands salons et une entrée, une piscine superbe, une cheminée, une fontaine et un potager. J'ai demandé à Rachel ce qu'ils pensent de la maison d'amis, ils l'adorent. Elle est plus grande que leur appartement et ils auraient la place pour des enfants, je sais qu'ils parlent d'en avoir.

Je prends Skyler dans mes bras et lève la tête vers moi pour la regarder dans les yeux.

– Est-ce que tu veux vivre ici avec moi, en faire notre maison, y construire notre avenir et y habiter avec nos bébés ?

– Humains ou à quatre pattes ? demande-t-elle en riant.

J'effleure le bout de son nez avec le mien.

– Les deux, je chuchote avant de l'embrasser tendrement.

– Je me sens bien ici et je sais que tu es amoureux de la vue, chuchote-t-elle d'une voix douce.

– Tu me connais bien, je réponds en l'embrassant de nouveau.

– Absolument ! Et quand j'aurai fini de décorer l'intérieur, je te promets que tu ne voudras plus jamais en sortir pour travailler.

– Alors, c'est décidé ? On achète la « ferme » ?

– Oui, chéri. C'est décidé, répond-elle en souriant jusqu'aux oreilles.

– Parfait. Alors, allons annoncer la nouvelle aux propriétaires et appelons notre notaire.

– On a un notaire ? demande-t-elle d'un ton surpris.

– Wendy a contacté celui de Mick et il s'occupe déjà des formalités, je réponds en riant. Wendy était sûre que c'était la maison parfaite pour nous.

– Tu es sérieux ?

– Ouais, on va vivre à côté d'une des femmes les plus folles et intrusives au monde.

– J'espère bien ! J'ai toujours rêvé d'avoir une sœur indiscrète et pleine de bonnes intentions. On dirait que mon souhait est sur le point de s'exaucer.

Je caresse son bras tandis que nous montons les marches pour parler aux propriétaires, qui nous ont laissés discuter en privé.

– Ma pêche, tu n'es plus toute seule. Tu as désormais une grande famille et une horde d'amis bien intentionnés.

– C'est la meilleure décision de ma vie, murmure-t-elle avant de mordre mon bras.

Je m'arrête et la prends par la taille pour l'attirer contre moi.

– Qu'est-ce que tu as dit ?

– Parker Ellis, te sauter dessus était la meilleure décision de ma vie.

– Je crois bien que c'est moi qui t'ai sauté dessus, je réponds en riant.

– Absolument pas, non, répond-elle en secouant la tête.

– Bien sûr que si.

– Je me suis jetée sur toi dès le premier soir !

– Oui, mais je n'ai pas profité de toi parce qu'on était saouls. Cela n'aurait pas été galant.

– Ah ? Mais attendre quelques jours pour que je n'aie d'autre choix que de te rejoindre sous la douche et t'obliger à me prendre, ça l'était ?

– Parfaitement.

Elle éclate de rire.

– Je crois qu'on devrait faire notre offre aux propriétaires et poursuivre cette conversation au penthouse. Mieux vaut régler ça sous la couette si tu veux mon avis, dit-elle en me lançant un clin d'œil et en entrant dans la maison.

Je la saisis par la taille et plaque ses fesses contre mon érection, baissant la tête pour chuchoter dans son oreille.

– Ça marche. Le gagnant aura le droit de ligoter l'autre et de lui faire tout ce qu'il veut.

Skyler gémit et frotte ses fesses contre mon entrejambe.

– Hmmm, je suis un peu fatiguée, je ne serai peut-être pas au top de ma forme, se moque-t-elle en continuant de m'exciter.

Je me mords la lèvre pour m'empêcher de bander complètement alors qu'elle gémit de nouveau. Elle tend le bras et empoigne ma verge à travers mon pantalon.

– Mais peut-être que j'aurai un second souffle… chuchote-t-elle.

Je l'oblige à faire un pas en avant, conscient que les propriétaires pourraient arriver à tout moment et nous surprendre dans une position délicate.

– Je crois que tu mérites une bonne correction… je gronde.

– On verra qui aura le dernier mot ! s'exclame-t-elle en souriant.

– J'ai hâte de le découvrir, ma pêche.

Je prends sa main et l'emmène dans la cuisine, où j'entends les propriétaires parler autour d'un café. Un jour, ce sera nous.

Lorsque nous entrons dans la pièce, ils lèvent la tête vers nous en souriant.

– On la prend, je déclare, les faisant sourire de plus belle.

Cependant, personne n'est aussi heureux que ma nana.

◆ ◆ ◆

– Je n'arrive pas à le croire. Tu as loué un jet privé ? je grogne en m'asseyant dans un des fauteuils en cuir beige.

– Est-ce que ces sièges s'inclinent ? demande Bo à Skyler, qui arrive avec les chiens.

Elle sourit jusqu'aux oreilles tandis que je fronce les sourcils, furax qu'elle ait loué un jet pour nous amener à Madrid, tout ça pour que nos chiens puissent voyager avec nous.

– Oui, Bo, mais il y a aussi un canapé qui se déplie, si tu veux.

– Non, ça va, répond-il en choisissant un Chesterfield au fond de la cabine. Je préfère vous le laisser, au cas où vous en auriez besoin, ajoute-t-il en jouant des sourcils.

– Bo, calme-toi. On ne va pas baiser au milieu de tout le monde, je réponds d'un ton frustré.

– Comme tu veux, mec, c'était juste une proposition. J'ai mon casque antibruit, de toute façon. Faites ce que vous avez à faire.

Je gonfle mes poumons et expire lentement pour me calmer pendant que Skyler continue à argumenter.

– Chéri, je ne pouvais pas laisser nos bébés tout seuls pendant une semaine. J'aurais raté trop de choses dans leur vie.

Rachel et Nate arrivent à leur tour dans l'avion et s'installent à l'avant.

– Les valises sont en soute et le capitaine prêt à décoller, grommelle Nate avant de soupirer longuement.

– Et puis, poursuit Skyler, il fallait trois billets supplémentaires pour Rachel, Nate et moi, et je n'aurais pas pu emmener Midnight et Sunny.

– On avait parlé de demander à Wendy de s'en occuper, je lui rappelle pour la centième fois.

– Chéri...

Elle grimace en s'asseyant à côté de moi. Les chiens sautent sur le siège en face du nôtre et se mettent à l'aise, blottis sous la couverture que Skyler étend sur eux. Ils ferment les yeux, bâillent et s'endorment aussitôt. La journée a été chargée pour eux, et ils ont besoin de repos. Je dois avouer que les voir se détendre m'aide à me calmer... un peu.

– Je ne pouvais pas les laisser aussi tôt. Leur vie a déjà été assez rude comme ça. On ne peut pas les laisser penser qu'on les a abandonnés. Mick et Wendy s'habituent tout juste à Lauren. Je ne pouvais pas... je ne pouvais pas les laisser, admet Skyler en posant sa main sur mon bras. Pas maintenant. Je n'ai pas passé assez de temps avec eux, et je vais bientôt commencer le tournage du premier film. C'est pas grand-chose, tu sais. Techniquement, une partie de la compagnie aérienne m'appartient, de toute façon. Quand on y pense, c'est presque comme si on ne payait pas.

– Tu as des actions dans cette compagnie aérienne ? je demande en fronçant les sourcils.

– Ouais. J'en détiens quarante pour cent. Mon conseiller financier m'avait dit que c'était un bon investissement, il y a quelques années, et regarde... j'en profite enfin, et c'est sans parler de tout ce que je gagne avec la vente des billets.

– Waouh...

Parfois, l'étendue de sa richesse me donne le vertige, pourtant ce que je gagne chez *IG* est loin d'être misérable.

– Je t'ai déjà dit que j'avais plus d'argent que je n'en aurai besoin au cours de ma vie. Maintenant, détends-toi et profite d'un vol agréable. Si tu avais pris un vol commercial, tu n'aurais pas pu étendre tes jambes et caresser tes chiots en câlinant ta femme, dit-elle en me souriant tendrement, consciente qu'elle a gagné.

Je ne peux plus me retenir de sourire et ma frustration s'atténue. En fait, je n'ai pas de raison d'être agacé. Elle nous a réservé un jet privé, et alors ? C'est son argent et elle peut en faire ce qu'elle veut. Je respire lentement, puis je me tourne vers elle pour prendre son visage entre mes mains et l'embrasser fougueusement. Elle gémit, et j'en profite pour plonger ma langue dans sa bouche, savourant le parfum du chewing-gum à la cerise qu'elle a pris dans la voiture. Elle passe sa main dans mes cheveux, juste au-dessus de mon oreille, et sa langue danse avec la mienne, fouillant ma bouche jusqu'à ce qu'on doive se séparer pour reprendre notre souffle.

– Je suis pardonnée ? demande-t-elle en souriant.

– Il n'y avait rien à pardonner. C'est ton argent. Tu le dépenses comme tu veux.

– D'accord.

Elle m'embrasse rapidement sur la bouche, trois fois, puis elle recule dans son siège.

C'est aussi simple que ça. Le conflit est terminé.

Je prends sa main et elle soupire paisiblement tandis que je me dis que ma vie est géniale. Et elle le sera toujours, avec Skyler. Simple, belle et pleine d'amour.

Je porte sa main à ma bouche et l'embrasse en regardant nos chiens endormis.

◆ ◆ ◆

– *Bienvenido*, Monsieur Ellis, Mademoiselle Paige. Entrez, entrez.

Notre client, Alejandro Rodriguez, nous fait entrer dans son bureau situé en plein cœur de Madrid. L'immeuble est moderne, avec des façades en acier et en verre, me rappelant celui d'*IG*, à Boston. Il est pris entre deux bâtiments bien plus anciens, ce qui est typique de Madrid, apparemment.

– Monsieur Montgomery, *bienvenido*. Merci d'être venu, ajoute-t-il avec son accent espagnol.

Cela lui donne un air exotique qui va très bien avec son style métrosexuel. Ses cheveux sont coiffés en arrière et ses vêtements bien choisis. Alejandro Rodriguez respire la classe et l'argent. J'ai l'habitude de travailler avec ce type de personne carriériste et tournée vers l'argent.

Je suis Skyler jusqu'à un canapé en cuir noir bordé de guéridons en verre. Elle s'assoit et je déboutonne la veste de mon costume avant de prendre place à ses côtés, passant mon bras autour de ses épaules, détendu mais professionnel.

Bo nous rejoint, vêtu de sa tenue habituelle : jean foncé, T-shirt noir, veste en cuir blanc. C'est sa version du costume-cravate, même s'il a remonté les manches de son blouson, laissant voir ses bracelets en cuir.

Alejandro tape dans ses mains et se dirige vers son bureau pour saisir son téléphone.

– Appelez Juliet et dites-lui d'être là dans cinq minutes, dit-il avant de raccrocher et de se tourner vers nous. Tout d'abord, je voudrais vous dire que le travail que vous avez fait sur le défilé de mon ami était *magnifico* !

– Merci. Nous avons lu le dossier que vous nous avez envoyé, mais il n'était pas très détaillé. D'après ce que nous avons compris, vous avez déniché un nouveau talent que vous voulez transformer en superstar. C'est bien ça ?

Alejandro sourit, et je me dis qu'il aurait sa place en une du magazine *GQ*.

– *Sí.* Juliet a la voix d'un ange.

Bo tripote son bouc et recule dans le canapé. Il croise une cheville sur le genou opposé en agitant son pied. Chez la plupart des gens, c'est un tic nerveux, mais chez Bo c'est juste la preuve qu'il s'ennuie. Il aime bouger en permanence, à moins qu'il y ait à manger, à boire ou un écran devant lui.

– Alors quel est son problème ? Elle manque de sex-appeal ? Elle a besoin d'apprendre à bouger ?

– *Sí,* répond Alejandro en croisant les bras. Mais c'est plus que ça.

– Expliquez-nous, je dis pour accélérer la conversation.

Je veux commencer la mission au plus vite pour pouvoir rentrer chez moi dès que possible.

Alejandro penche la tête sur le côté et dessine des ronds sur son fauteuil, l'air pensif.

– Elle a besoin... comment dire. De travail.

– De travail ? répète Bo en fronçant les sourcils. Vous voulez dire qu'elle a besoin d'un relooking ?

– *Sí.* Voire de chirurgie plastique. Et d'un régime. Un gros régime. Elle est trop grosse.

– Waouh, vous êtes dur ! intervient Skyler.

Je caresse son épaule, conscient qu'il y a quelque temps, les gens lui disaient aussi qu'elle avait besoin de maigrir pour pouvoir décrocher des rôles et être prise au sérieux. Je l'ai aidée à comprendre qu'elle était parfaite comme elle est, et elle n'a jamais été aussi belle qu'aujourd'hui.

– C'est vrai, répond Alejandro. Vous verrez.

Il vient de prononcer ces paroles lorsque quelqu'un frappe tout doucement à la porte.

– Entrez, ricane-t-il tandis que la porte s'ouvre sur deux jeunes femmes, l'une toute petite, l'autre fine et grande. *Hermosa* Violeta, dit-il à la grande en lui faisant une bise.

Il se penche ensuite vers la plus petite et en fait de même, la caressant sur la tête comme une enfant. Cela dit, c'est justement ce dont elle a l'air, d'une enfant.

– Juliet, mon *ángel cantarín*.

Juliet serre fort la main de Violeta et se tient tout contre elle. Elles ont les mêmes cheveux bruns et la même peau mate, mais les similitudes s'arrêtent là. Juliet a les yeux noisette, ceux de Violeta sont marron foncé.

– Juliet, est-ce que tu veux que Violeta attende dehors pendant que je te présente à ton équipe de mentors ?

Des mentors ? Ça me plaît. Après la dernière mission, où j'avais été engagé pour ruiner la carrière de gens honnêtes, je suis ravi qu'on me demande de booster celle d'une jeune femme aussi timide.

Juliet répond à Alejandro en secouant la tête.

– Euh... est-ce que ça vous dérange que je reste ? demande Violeta. Comme vous le savez, Alejandro, JJ est timide.

– Bien sûr, pas de souci, répond-il avec un sourire pincé. Tout le monde, je vous présente Violeta et Juliet Jimenez. Violeta est la grande sœur de Juliet, c'est grâce à elle que nous avons découvert son talent.

– Ah bon ? Comment ça ? je demande en souriant, essayant de rassurer la jeune femme.

– Elle m'a laissée l'enregistrer pendant qu'elle chantait, mais c'était une ruse. Je lui ai dit que c'était pour moi, pour l'écouter lorsque je vais à Milan et à Paris pour les défilés.

Alors, elle est mannequin. Cela dit, ce n'est pas une surprise. Elle est naturellement belle et sûre d'elle : cela se voit dans sa façon de se tenir, de s'habiller et de regarder les gens directement dans les yeux.

– Sauf que j'ai envoyé l'enregistrement à un scout dont un ami m'avait parlé. Il l'a fait remonter à sa direction, et nous voici, dit-elle en serrant sa sœur contre elle. Je suis fière de ma petite sœur. Elle va être une immense star, j'en suis sûre !

Violeta sourit jusqu'aux oreilles, comme si le bonheur de sa sœur était la seule chose qui comptait pour elle. Bo se lève et Juliet rougit en le regardant tourner autour d'elle.

– Tu portes quelque chose sous ton énorme sweat, ma puce ? demande-t-il d'un ton à la fois doux et direct.

Elle hoche la tête, mais ne fait rien pour l'enlever.

– Un élastique à cheveux, peut-être ? J'aimerais voir ton joli minois, ajoute-t-il en se baissant pour la regarder dans les yeux.

Les cheveux de Juliet lui arrivent en bas du dos et cachent une bonne partie de son visage, comme un voile.

Violeta réagit aussitôt et enlève un élastique de son poignet, pour attacher les cheveux de sa sœur en queue-de-cheval très haute. Juliet lève une main pour se couvrir la joue, mais Violeta l'arrête et la baisse délicatement avant de se placer devant elle et de lui chuchoter quelque chose à voix basse. Juliet ouvre lentement son sweat à capuche, révélant une superbe silhouette en huit. La plupart des femmes rêveraient d'avoir un corps comme le sien, même s'il est vrai que l'industrie du showbiz a tendance à préférer les femmes grandes et filiformes.

– Houba houba ! s'exclame Skyler.

– Eh bien, voilà qui est mieux, dit Bo en me faisant un clin d'œil et en dégainant son sourire séducteur.

– C'est une enfant, Bo, je gronde.

– T'en fais pas, les mineures ne sont pas mon truc. Mais sans rire, ma puce, tu as des courbes divines ! Pourquoi tu les caches ?

Juliet baisse la tête et hausse les épaules en triturant ses doigts.

– J'ai dix-neuf ans. Je ne suis pas une gamine, dit-elle d'un ton qui manque de conviction.

– Je te l'avais dit, sœurette. Tout le monde aime les silhouettes comme la tienne, dit Violeta d'un ton enjoué en bousculant sa sœur.

– Euh, pas tout le monde, non. Notre équipe marketing préférerait que Juliet perde une dizaine de kilos avant sa première apparition dans les médias, déclare Alejandro.

Skyler se lève, les mains sur les hanches, parfaitement indignée. Elle ouvre la bouche pour parler, mais il lève la main et s'empresse de s'expliquer.

– Je ne cherche pas à manquer de respect à Juliet. Je ne suis que le messager. C'est moi qui prends les décisions finales, c'est vrai, mais je dois rendre des comptes aux investisseurs, et c'est l'équipe marketing qui décide comment présenter une nouvelle popstar au public. Nous avons déjà un gros désavantage avec sa petite taille. Et, bien sûr, elle devra faire disparaître sa cicatrice et la bosse sur son nez, poursuit-il d'un ton désolé.

– Hop là, je vous arrête tout de suite, je m'exclame en me levant.

– Je vous demande pardon ? dit Bo en même temps.

Alejandro nous regarde tous les trois, puis il tourne la tête vers Juliet qui a croisé les bras sur sa poitrine, comme pour se protéger. Ses yeux sont rivés au sol, comme si la moquette était la chose la plus fascinante qu'elle ait jamais vue. Je vois une larme couler sur sa joue et je décide que j'en ai assez entendu.

– Violeta, que diriez-vous d'emmener votre sœur dans la salle d'attente ? On vous rappelle dans quelques minutes.

Alejandro me regarde d'un air confus, mais il hoche la tête, autorisant les deux jeunes femmes à sortir. Elles ont à peine refermé la porte que Bo pète un câble.

– Vous êtes complètement fou, ou quoi ? grogne-t-il.

J'avance vers lui et pose une main sur son épaule pour lui dire de se calmer et de me laisser prendre le relais.

– Alejandro, cette fille est parfaite comme elle est. Elle n'a pas besoin de perdre de poids ni de chirurgie plastique. Tout ce qui lui manque, c'est une bonne dose de confiance en elle, une coupe de cheveux et des cours de maquillage pour qu'elle apprenne à mettre en valeur sa beauté naturelle.

– Ce n'est pas ce que le public est habitué à voir. Juliet sera une star si...

– Elle sera une star si elle a du talent et qu'elle est entourée de gens qui croient en elle. Juliet est justement ce dont le monde de la musique a besoin. Sky, bébé... aide-moi, j'interpelle Skyler qui bout de rage.

– Parker a raison. Écoutez l'avis de quelqu'un qui est au sommet de la pyramide. La dernière chose qu'il vous faut, c'est une fille qui sera oubliée après un tube. Ce qu'il vous faut, c'est une femme qui a tout ce qu'il faut pour rester au sommet, comme Taylor Swift et Selena Gomez. Elles sont toutes les deux très belles, c'est vrai, mais elles ne seraient pas là si elles n'avaient pas de talent. Leurs chansons et leurs personnages servent de modèle à des milliers d'adolescentes, sans que les mères de celles-ci s'en inquiètent. Ce sont des femmes fortes, avec des chansons fascinantes, et elles ne cherchent pas à aller contre leur nature. Si vous voulez que Juliet soit une star, aidez-la à devenir une version améliorée d'elle-même. Et *IG* peut faire ça pour vous.

Alejandro se frotte la mâchoire avant de secouer la tête.

– Ce serait un risque énorme. On sait ce qui marche dans l'industrie musicale, en ce moment.

– Mais ce qui marche dans l'industrie ne marchera pas pour Juliet, je réponds calmement. Ce n'est pas une diva. Laissez-nous révéler sa beauté extérieure pour qu'elle soit en accord avec sa beauté intérieure et sa voix d'ange. Quand on aura terminé et que vous verrez le résultat, vous pourrez décider. Vous devez nous faire confiance. Vous avez vu ce qu'on a fait à Milan, essayons de faire la même chose ici, à Madrid.

Alejandro nous regarde tour à tour, moi, Bo puis Skyler.

– Et vous serez là pour les aider ?

Skyler lui décoche un sourire sensuel, et le regard d'Alejandro s'embrase avant de s'éteindre lorsqu'elle vient à mes côtés.

– On forme une équipe. On travaille ensemble quand c'est nécessaire, et je sais déjà que Juliet va avoir besoin des conseils et de l'oreille d'une femme en qui elle peut avoir confiance. Je serai là pour elle.

– Elle a vraiment un talent incroyable, dit Alejandro en hochant la tête. Je suis prêt à vous donner une chance, dit-il avant de retourner à son bureau pour appeler sa secrétaire. Faites revenir Juliet, dit-il avant de raccrocher.

Une minute plus tard, Juliet et sa sœur entrent de nouveau, et je vois que les yeux de la jeune fille sont rouges et gonflés. Skyler avance tout de suite vers elle, relève sa tête et la regarde dans les yeux.

– C'est la dernière fois que tu pleures à cause de qui tu es, ma belle. Toi et moi, on a du travail à faire, mais ça va être amusant et excitant, d'accord ? Plus de larmes. Tu es parfaite comme tu es. On a juste besoin de temps pour te donner confiance en toi et faire ressortir ton côté séducteur. Mais pas de chirurgie ni de régime. On a besoin de musique, de maquillage, de danser et de rire autant que possible. Qu'est-ce que tu en dis ?

– Je ne sais pas danser, répond Juliet.

Skyler éclate de rire et la prend dans ses bras.

– T'en fais pas, je ne savais pas danser moi non plus, au début. C'est à ça que servent les chorégraphes. Tout va bien se passer. Mais d'abord, qui dirais-tu qu'on aille tous manger une glace pour apprendre à se connaître ?

Juliet sourit et hoche la tête alors que sa sœur sautille de joie à ses côtés.

– JJ, j'arrive pas à croire qu'on va manger une glace avec Skyler Paige !

Skyler éclate de rire tandis que Violeta les prend toutes deux dans ses bras.

– Je suis content que tu aies dit à Sky de venir, me dit Bo. Elle va nous être d'une aide précieuse.

– Ma nana est toujours précieuse.

– Je n'en doute pas, répond Bo en me faisant un clin d'œil.

– Allez les filles, on a du pain sur la planche. Mais d'abord... c'est ma tournée de glaces ! déclare Skyer en accompagnant les sœurs Jimenez vers la porte, ignorant Alejandro.

– On vous tient au courant, je dis à notre client qui n'a pas quitté Skyler des yeux, l'air émerveillé.

Ouais, elle me fait ça, à moi aussi. La différence, c'est qu'elle est toute à moi.

CHAPITRE 5
Skyler

– Allez les filles, crachez le morceau. Pour quelle star avez-vous le béguin ? je demande en avalant une énorme bouchée de glace, laissant le parfum de la fraise chatouiller mes papilles.

– Moi c'est Justin Bieber, répond Violeta, et son regard s'illumine. Il est parfait.

Je grimace en riant, tout en pensant au minois enfantin du chanteur qui n'est absolument pas mon genre.

Parker croise les bras et m'observe, attendant ma réaction.

– Ce n'est pas mon style, je dis en le regardant dans les yeux. Je préfère les hommes plus... âgés et virils.

– Bonne réponse, bébé, dit-il avant de tourner la tête vers Bo, qui lui montre quelque chose sur son téléphone.

– Et toi, Juliet ? je demande en me rapprochant d'elle, au cas où elle préférerait chuchoter.

– Je ne sais pas, je n'y ai pas vraiment pensé.

Elle se concentre sur sa glace, qu'elle touille avec sa cuillère, laissant le chocolat fondre dans son gobelet au lieu de le savourer.

– Qu'est-ce qui te tracasse, ma belle ?

Sa lèvre se met à trembler et elle me regarde avec des larmes dans les yeux.

– Je ne serai jamais ce qu'ils attendent de moi. Je ne sais même pas si je peux chanter devant un public, et je ne parle même pas de danser en même temps. Que verront-ils ? Une petite grosse qui se dandine comme un pingouin, braillant des chansons qu'ils ne veulent pas entendre.

Je la regarde quelques secondes, bouche bée, avant de me ressaisir. Je rapproche ma chaise de la sienne alors que Parker grimace, aussi dégoûté que moi par ce qu'on vient d'entendre.

– Regarde-moi, ma puce. On a écouté ton enregistrement. Ta voix est sublime, c'est un don du Ciel. Est-ce que tu crois en Dieu ?

Elle hoche la tête et se mord la lèvre.

– Dans ce cas, il faut que tu croies qu'Il ne te donnerait pas un tel talent sans raison. Ton destin t'attend. Il ne nous reste plus qu'à te donner un petit coup de pouce. Et je te promets qu'on y arrivera. Moi, Parker, Bo...

– Et moi ! s'exclame Violeta. Je n'irai nulle part tant que tu ne seras pas heureuse dans ta nouvelle vie. Tu te souviens quand j'avais peur de me lancer dans le mannequinat et de défiler sur un podium devant des dizaines de gens ?

– Ouais...

– Tu te souviens de ce que tu m'as dit ?

Juliet baisse les yeux et hoche la tête.

– Tu m'as dit que la première fois serait forcément la plus difficile, mais qu'après, ça deviendrait simple. Chaque nouvelle aventure est angoissante. Mais une fois qu'on s'est lancé, ce n'est que du bonheur.

– C'est différent pour toi, répond Juliet d'une voix si fragile que je dois me rapprocher pour l'entendre. Tu es parfaite. Tout le monde veut te regarder. Tu es grande, fine et superbe.

Le regard de Violeta s'assombrit, mais je prends la parole avant qu'elle ne puisse répondre.

– Toi aussi, tu es parfaite. Tu es petite, fine, avec des courbes sublimes, et tu es ravissante. Attends un peu, je vais te montrer ce que tout le monde voit à part toi.

– Ah, et tu vois quoi, Skyler ? demande la jeune fille en plongeant son regard dans le mien.

– Je me vois, moi. La jeune femme que j'étais avant que ma mère ne me montre que j'avais du talent et que j'étais une bonne actrice, même si j'étais maladroite et excentrique. Elle m'avait dit que je trouverais celle que j'étais censée être à l'écran, et c'était vrai. Il m'a fallu du temps, mais avec l'amour et le soutien de ma mère, je me suis épanouie. Toi aussi, tu verras. Je vais m'en assurer.

Juliet me surprend en posant sa main sur la mienne.

– Merci. Même si ça ne marche pas, je suis touchée que tu sois prête à essayer.

– Est-ce que tu veux essayer, toi ? Est-ce qu'une carrière de chanteuse te plaît ?

Après tout, si elle ne le fait que par obligation, nous sommes voués à l'échec.

– Est-ce que tu veux devenir chanteuse, ma puce ? demande Parker.

– Ça a toujours été mon rêve, admet-elle en se tenant un peu plus droite.

– Ne cesse jamais de rêver. C'est ton occasion de briller et de montrer ton talent au monde entier. J'en suis convaincue.

Elle hoche la tête et soupire longuement alors que sa sœur la serre contre elle.

– Tu es prête à travailler avec nous pour que ton rêve devienne réalité ? je lui demande. Parce qu'il y a trois choses dont je suis sûre dans la vie : rien n'est gratuit, rien n'est garanti et il faut du travail et des sacrifices pour faire de ses rêves une réalité. Tu es prête à bosser ?

– Oui, mais j'ai peur, répond-elle.

– Le contraire me surprendrait. Nos rêves peuvent vite devenir des cauchemars si on ne s'efforce pas de les rendre beaux. Tu dois y croire. Tu dois croire en nous, car on ne te laissera pas tomber. Crois en l'amour de ta sœur et sache qu'elle te soutient. Crois en ton talent. Mais surtout, tu dois croire en toi.

Juliet prend une longue inspiration et coiffe ses mèches derrière ses oreilles, montrant la cicatrice qui entoure son œil.

Elle me voit fixer sa cicatrice et s'empresse de la couvrir.

– Comment tu as eu cette cicatrice ? je lui demande en repoussant ses cheveux derrière son oreille.

– C'est de ma faute... dit Violeta en grimaçant.

– Non, c'était un accident, répond Juliet en secouant la tête.

– Si je n'avais pas fait pas l'idiote avec ce type, en étant saoule, ce ne serait pas arrivé.

– Ce n'est rien.

– Ce n'est pas rien, puisque depuis que c'est arrivé, tu caches toujours ton visage, rétorque Violeta.

– Dites-moi ce qui s'est passé, j'insiste d'une voix douce.

Je ne veux pas raviver de mauvais souvenirs, mais à l'évidence, les deux sœurs ne sont pas d'accord.

– J'avais rencontré un garçon à la fac. J'étais idiote. Juliet m'avait prévenue de ne pas aller à cette fête avec lui et ses copains. Ils m'ont tellement fait boire que je tenais à peine debout. J'ai eu la présence d'esprit d'appeler Juliet pour qu'elle vienne me chercher et c'est ce qu'elle a fait. Le mec nous a suivies dans la ruelle derrière la maison, et quand Juliet lui a dit de partir, il lui a mis un coup de poing. Il portait une bague ornée d'une pierre saillante qui s'est accrochée à la peau de Juliet. Je l'ai frappé avec un tasseau de bois que j'ai trouvé par terre. On s'est enfuies en courant, mais Juliet était marquée à vie.

– Putain, grogne Parker.

– Tu connais son nom, à ce type ? Il est où? demande Bo en serrant fort le bord de la table.

– C'était il y a trois ans, répond Violeta alors que les deux sœurs secouent la tête. Juliet n'avait que seize ans, moi j'en avais à peine dix-huit.

– Tu ne sais pas comment il s'appelle ? demande Bo.

– Non, je sais juste qu'il se faisait appeler Rico.

Je vois les deux garçons trembler de rage, de l'autre côté de la table, et j'essaie de les calmer.

– Détendez-vous, les mecs. C'est du passé.

– Mais... commence Parker.

– Mais rien du tout, chéri. C'est fini. De toute façon, je pense avoir une idée qui pourrait marcher. Je ne pense pas qu'il faille cacher la cicatrice. Au contraire, on devrait la mettre en valeur et raconter au monde entier que vous vous êtes entraidées pour vous tirer d'une situation périlleuse. Je pense que ça vous aidera à tourner la page sur cette histoire tout en mettant en garde d'autres jeunes filles qui pourraient prendre les mêmes risques que vous.

Violeta sourit jusqu'aux oreilles et je la trouve encore plus belle, je suis certaine qu'elle aura une longue carrière de mannequin.

– Tu dis que tu veux mettre en valeur ma cicatrice. Comment ? demande Juliet.

– Eh bien, on dirait un croissant de lune, alors je pense qu'on devrait tracer son contour avec de minuscules bijoux de peau. Si ça te plaît, ça pourrait devenir ta signature.

– Des bijoux, répète-t-elle.

– Carrément, c'est parfait ! s'exclame Bo. Je vois très bien des strass blancs, bleus et turquoise pour aller avec ses yeux. Je te vois porter du cuir blanc, aussi. Chérie, lève-toi, lui dit-il alors qu'elle semble soudain terrifiée.

– Fais-lui confiance, dit Parker. Bo a tout le temps des idées farfelues, mais elles sont toujours géniales.

Juliet recule sa chaise et se lève timidement.

– Enlève ton sweat, ma puce, ajoute Bo.

Je sais déjà à quoi il pense et je trouve ça génial.

Elle ouvre son énorme sweat à capuche et le donne à sa sœur. Dessous, elle porte un débardeur noir moulant qui ne peut rien pour cacher son bonnet C. Il faut dire qu'avec sa petite taille fine... waouh ! Les mecs vont être dingues d'elle !

Bo enlève son blouson en cuir et le met sur ses épaules.

– Roh, c'est génial, Bo. J'adore ! je dis, tout excitée.

Juliet enfile les manches de la veste et j'enlève un de mes sautoirs pour l'enrouler plusieurs fois autour de son cou.

– *¡Te ves caliente !* s'écrie Violeta en souriant.

Juliet regarde sa sœur, qui frappe dans ses mains comme une enfant le jour de Noël.

Je repère un grand miroir sur le mur, de l'autre côté de la salle, et j'y emmène Juliet. Lorsqu'elle se voit, elle écarquille les yeux et ouvre la bouche. Je coiffe ses cheveux en queue-de-cheval sur le côté et les attache avec un élastique.

– Je pense que c'est la coiffure qu'il te faut, avec de grandes boucles qui tombent sur ton épaule. Avec des bijoux de peau autour de ton œil, du maquillage rock et du gloss rose fuchsia... le monde entier sera à tes pieds.

Juliet caresse son buste de haut en bas en se tournant de droite à gauche, et je la vois réfléchir à toute vitesse.

– Tu aimes ce que tu vois ? Est-ce que tu arrives à imaginer la suite ? je demande en appuyant mon menton sur le dessus de sa tête.

Elle hoche la tête et renifle tandis que ses yeux deviennent brillants.

– Ah non, je gronde en souriant. Pas de larmes, tu te souviens ?

Je lui fais un clin d'œil et elle sourit jusqu'aux oreilles. En fait, lorsqu'elle sort de sa coquille, elle est aussi belle que sa sœur.

– Ça me plaît. J'aime ta façon de me voir.

– Ma puce, ce n'est pas ma façon de te voir. C'est ainsi que tout le monde te voit, sauf toi. Et je ne rentrerai pas aux États-Unis tant que tu n'auras pas ouvert les yeux.

– Tu promets ? demande Juliet en fronçant les sourcils et en se mordant la lèvre.

– Je te le promets, je réponds en la serrant contre moi.

– Merci, Skyler. Je ne te décevrai pas, déclare-t-elle en se tenant plus droite.

– Tu ne pourrais pas, de toute façon. Ensemble, avec notre équipe et ta sœur, on n'arrêtera pas tant que ton rêve ne sera pas devenu réalité.

Juliet ferme les yeux et lorsqu'elle les rouvre, son regard et sa détermination sont si intenses que j'en ai le souffle coupé.

– Je te crois.

Ses paroles sont si sincères et pleines d'émotion que je sais déjà que je n'oublierai jamais ce moment : le moment où j'ai choisi d'aider une jeune femme à transformer sa vie... pour toujours.

– Et moi, je crois en toi, Juliet.

◆◆◆

– Ma pêche, tu as été super avec Juliet, aujourd'hui.

Parker me serre contre lui pendant que je me tiens devant le lavabo de la salle de bains. Je viens tout juste de me démaquiller.

– Tu trouves ? je demande en regardant notre reflet dans le miroir.

Il sourit et m'embrasse à l'endroit où mon cou et mon épaule se rejoignent.

– Ouais. Tu as ça dans le sang. Je vais peut-être devoir t'engager à long terme... dit-il en me mordant l'épaule.

Je pousse un grognement et pose mes bras sur les siens, profitant de sa chaleur.

– Elle a juste besoin de croire en elle, c'est tout.

– Mmm-hmmm, murmure-t-il en mordillant ma clavicule. Tu as raison et tu es la mieux placée pour lui montrer ce qui arrive lorsqu'on croit en soi et qu'on travaille dur.

Je me tourne vers lui pour le regarder dans les yeux, même si je regrette de mettre fin à ses papouilles.

– Tu crois ?

Il effleure le bout de mon nez avec le sien tout en caressant la peau nue du creux de mes reins et en glissant l'autre main dans ma culotte pour empoigner ma fesse.

– J'en suis sûr, oui, chuchote-t-il en frottant son bassin au mien.

Je me mords la lèvre et penche la tête pour lui offrir mon cou.

– Tu sais, j'envisage de me mettre en retrait du monde du cinéma après le tournage des prochains films, je dis alors qu'il lèche ma gorge et me fait frissonner de la tête aux pieds.

– Ah ouais...

Il baisse ma culotte et je me tortille pour la laisser tomber par terre.

– Mmm-hmm.

Je m'appuie sur le meuble du lavabo, renversant quelques flacons.

Il rit, et j'en ressens les vibrations entre mes jambes où je suis déjà brûlante.

– Et que penses-tu faire de ton temps libre ? demande-t-il en me soulevant pour m'asseoir sur le meuble et écarter mes jambes.

– Euh... hmmm.

Je perds le cours de mes pensées lorsqu'il plonge sa main entre mes cuisses, effleurant leur peau, survolant ma chair sensible sans jamais me toucher.

– Chéri... je supplie en soupirant.

– Non, non, continue de parler, sinon je vais arrêter.

Il retire sa main de mon entrejambe et je reviens aussitôt sur terre.

– Je pense ouvrir une école d'acteurs pour les enfants et proposer des bourses d'étude à ceux qui viennent de familles défavorisées. J'envisage même d'y donner des cours moi-même.

Je passe ma main dans ses cheveux, il effleure ma poitrine avec sa bouche, m'obligeant à m'appuyer contre le miroir. Il se baisse peu à peu, puis il saisit mes genoux et remonte ses mains en haut de mes cuisses, les yeux rivés sur mon sexe. Il gonfle ses poumons et ferme les yeux.

– Putain, bébé, tu me rends dingue.

Il empoigne mes fesses et soulève mon bassin avant de se baisser. Il est sur le point de me lécher lorsqu'il lève les yeux vers moi.

– Continue. Je veux connaître tes projets.

– Maintenant ? je soupire en essayant de rapprocher sa tête de mon sexe.

Il me lance un sourire machiavélique, m'annonçant que si je ne joue pas à son jeu, il ne me donnera pas ce que je désire. Quel enfoiré !

– Tu ne voudrais pas que le jeu se termine mal, si ? plaisante-t-il.

– C'est toi qui vas avoir mal si tu ne mets pas tout de suite ta bouche sur moi, je gronde en plantant mes talons dans son dos.

Il éclate de rire, avance et plaque sa langue contre ma chair chaude.

– Chéri... je gémis.

– Parle.

Il me regarde en haussant un sourcil tout en dessinant un cercle autour de mon clitoris, lentement, délicatement, de sorte à ne pas me faire jouir trop vite.

– Euh, je veux aider les enfants. Offrir aux enfants de milieux défavorisés...

Il prend mon clitoris dans sa bouche et frotte son menton piquant sur mon sexe.

– Oh mon Dieu !

Je serre les cuisses sur son torse et soulève mon bassin pour l'obliger à me sucer plus fort.

Il cède à ma demande pendant une bonne minute et me mordille et me lèche jusqu'à ce que je sois pantelante et que j'aie tout oublié en dehors de sa langue divine.

– Que veux-tu offrir aux enfants défavorisés ? demande-t-il en reculant avant d'embrasser ma cuisse.

Je secoue la tête pour revenir sur terre et je soulève mes hanches dans le vide.

– Chéri, s'il te plaît... j'ai envie de toi...

Il sourit et fredonne en se léchant les lèvres. Mon Dieu, qu'il est sexy !

Une sorte de miaulement m'échappe, regrettant que sa bouche ne soit plus sur moi, n'importe où, partout.

– Je sais, ma pêche. Mais j'aime ce petit jeu, donc je veux que tu m'expliques ton nouveau projet de vie, parce que j'ai l'intention d'en faire partie jusqu'à mon dernier souffle.

– Euh... d'accord. Je veux ouvrir une école pour acteurs et apprendre aux enfants à jouer, tout en offrant des bourses aux jeunes défavorisés pour qu'ils essaient de réaliser leurs rêves dans un endroit sûr où quelqu'un les écoutera. Je veux faire ça, et avoir des enfants, et les emmener au travail avec moi si je veux, ou engager des gens pour les garder... et... je ne sais pas...

Pendant que je parle, Parker me pénètre lentement avec sa langue, et je ne peux plus me concentrer.

– Bon sang, chéri, baise-moi, s'il te plaît !

Il sourit jusqu'aux oreilles, puis, d'un coup, il se lève et se débarrasse de son boxer. Il écarte davantage mes jambes, aligne la pointe de sa verge sur mon sexe et s'enfouit lentement en moi. Je me contracte et verrouille mes cuisses pour être sûre qu'il est entièrement en moi.

– Oui ! je crie en laissant tomber ma tête en arrière.

– J'adore ton idée, ma pêche. Ça me semble génial, mais je ne veux pas que tu laisses tomber tes rêves pour moi, répond-il en poursuivant ses allers-retours paresseux.

– Je ne laisse rien tomber. C'est ce que j'ai toujours voulu faire. Et quand le moment sera venu, je veux être avec nos enfants. Tout le temps, pas juste en dehors des tournages.

– Putain, Sky, arrête de parler et laisse-moi te faire l'amour, grogne-t-il en suçant mon cou.

– Je les embrasserai tous les jours, je promets avant de pousser un hurlement lorsque son gland frappe un point particulièrement sensible.

– Bon sang ! rugit-il en léchant ma gorge.

– Je vais aimer nos enfants avec une intensité qu'ils ne comprendront pas jusqu'à ce qu'ils rencontrent la personne avec qui ils sont censés passer leur vie et avoir leurs propres enfants. Euh... Oh, chéri... chéri...

Une décharge électrique parcourt mes veines et embrase mon sang et ma peau, de la pointe de mes pieds à mes fesses puis jusque dans ma nuque. Mes tétons sont si durs contre mon débardeur que le tissu en soie me semble rugueux comme de la laine.

– Tu es la femme parfaite, gronde-t-il en me martelant de plus belle.

Mes fesses frappent si fort le marbre du meuble que je ne serais pas surprise d'avoir des bleus, demain.

– Jouis. Jouis maintenant, Sky. Jouis sur la queue de ton homme, aboie-t-il d'une voix rauque à laquelle je ne peux qu'obéir.

Mon sexe se contracte sur le sien, si fort que mes muscles crient de douleur tandis que je trempe sa verge et que je me laisse emporter pas la sensation exquise de mon orgasme. Je ne risque pas de me perdre avec Parker, je sais qu'il sera toujours là pour me rattraper.

Je sens néanmoins son sexe se contracter à son tour et il m'attire dans ses bras, plaquant ma joue contre son cou tandis qu'il mord mon épaule, se déversant en moi en tremblant.

CHAPITRE 6
Parker

J'ai la sensation que des milliers de marteaux-piqueurs sont en action dans ma tête. Je regarde Juliet tituber en essayant de suivre la chorégraphie que le professeur lui montre pour la trentième fois de la journée. Cela fait deux jours que nous l'aidons à améliorer sa présence sur scène, or JJ ne mentait pas en disant qu'elle ne savait pas danser.

Je me masse les tempes en regardant Skyler. Elle et Violeta ont appris l'enchaînement dès la troisième répétition, mais Juliet est sans espoir. Quand elle parvient à suivre la chorégraphie, elle oublie les paroles de ses chansons. D'ailleurs, elle ne peut chanter que si les lumières de la scène sont éteintes et qu'il n'y a que quelques proches dans le public. Donc, non seulement Juliet ne sait pas danser mais elle ne peut pas danser si elle chante. Elle ne peut pas chanter si elle danse et elle ne peut pas chanter en présence d'inconnus. En gros, nous avons un sérieux problème, et c'est sans parler de sa timidité maladive. Nous travaillons tous les quatre avec elle, elle a fait des progrès certains, mais on n'est pas sortis de l'auberge.

Skyler me voit grimacer et vient vers moi en fronçant les sourcils.

– Ça va ?

– Bébé, je ne suis pas sûr qu'elle en soit capable, je réponds en secouant la tête.

– En répétant un peu plus...

– Un peu ?

– Bon, d'accord, en répétant beaucoup, elle pourrait s'en sortir... à peu près...

– Je crains que ce ne soit peine perdue. Tout ça n'est pas pour elle.

Skyler regarde les spots clignotants, les gestes du chorégraphe et la catastrophe ambulante qu'est JJ tandis qu'elle essaie de suivre, et elle finit par baisser la tête.

– C'est vrai. Mais je crois en son talent. Elle a une voix incroyable. Peut-être qu'elle n'est pas faite pour être une popstar.

– Sky, elle a signé un contrat, tout comme *IG*. Je ne veux pas qu'elle se retrouve endettée auprès d'eux, et pour être honnête, je ne supporterai pas un nouvel échec professionnel.

– Chéri, la dernière mission n'était pas un échec, répond-elle en caressant mon bras. Au contraire, c'était une victoire.

Je fronce les sourcils en repensant à tout ce que nous avons découvert à Washington, la torture animale, la corruption politique, la bataille juridique... Tout ça me fait encore froid dans le dos.

– Bref, pour revenir à Juliet, je crois qu'il nous faut trouver une autre approche.

– Mec, à qui le dis-tu, dit Bo en se joignant à la conversation. Tout ça ne sert à rien. Ça fait deux jours, et on a pour seul résultat une ado épuisée dont le cœur se brise un peu plus chaque fois qu'elle se trompe. Et ce n'est que la première chanson. Comment va-t-elle réussir à assurer tout un concert ? dit-il en jouant avec son bouc.

– Elle n'y arrivera pas, justement. On doit trouver autre chose.

Sky fait la moue et pose une main sur sa hanche en étudiant les sièges vides du théâtre que nous avons loué pour les répétitions.

– Non, non, non ! crie le chorégraphe pour la millième fois. Essaie encore. Reprends au début, mais sans les deux pieds gauches.

Je grince des dents en regardant le prof de danse. Il est grand et mince, avec une personnalité flamboyante, et il ne cache pas ses préférences sexuelles. Quand il ne crie pas sur JJ, il drague Bo, ce que je trouve hilarant.

– Et si ce n'était pas elle qui dansait ? demande Skyler en cessant de faire les cent pas.

– Comment ça ?

– Eh bien, elle ne sait pas danser. Bien sûr, si elle prend des centaines d'heures de cours, elle pourra s'améliorer. Mais il lui faudra du temps. Or, elle doit être prête dans quelques jours. Néanmoins, ce n'est pas parce que la plupart des popstars dansent durant leurs concerts qu'elle doit faire comme elles. Elle pourrait être entourée de danseurs et se contenter de se déplacer sur scène en chantant. Quand elle sera plus à l'aise, elle pourra interagir avec eux, mais sinon, ils seront là pour la mettre en valeur. Je crois qu'une partie du problème de JJ, c'est qu'elle a l'impression qu'elle sera seule alors qu'elle a toute une équipe pour travailler avec elle.

Bo siffle dans ses doigts pour attirer l'attention du chorégraphe.

– Eh, Petit Flacon... dit-il en lui faisant signe d'approcher.

Le chorégraphe coupe la musique et vient vers nous.

– Faites une pause, les filles. Vous avez vingt minutes pour manger et boire un coup, je dis à Violeta et JJ.

Elles semblent toutes les deux ravies et soulagées. Violeta prend sa sœur par les épaules et l'accompagne dans les coulisses.

– C'est Pete Flacko, *amante,* dit le chorégraphe d'une voix grave qui est censée être séduisante, mais que je trouve ridicule venant de lui.

– Si tu le dis, Pete, dit Bo en le fusillant du regard. Est-ce que la production a prévu des danseurs ?

– Oh oui, une vingtaine de danseurs accompagneront le spectacle que j'ai prévu.

– Eh bien il va falloir que tu le modifies, mon pote.

– *¿Disculpe?,* dit-il en écarquillant les yeux.

– Tu as forcément remarqué que JJ n'arrive pas à apprendre ta superbe chorégraphie. Elle peut devenir une star, mais pas une danseuse, peu importe le nombre de fois que tu lui crieras dessus. Ce qu'il nous faut, c'est qu'elle se déplace sur scène au milieu de danseurs. Concentrons-nous sur son chant. Une fois qu'elle chantera, le public se fichera des chorégraphies.

Pete regarde la scène en se pinçant le nez.

– Ce n'est pas une mauvaise idée. Elle est sans espoir. C'est la pire danseuse que j'aie jamais rencontrée. Même *mi abuela* de quatre-vingt-dix ans danse mieux qu'elle.

J'inspire lentement par le nez pour laisser mon agacement se dissiper au lieu de gifler ce type, pourtant ça lui apprendrait peut-être à avoir plus de tact.

– Est-ce que tu peux revoir tes chorégraphies ? On se charge d'aider Juliet à chanter.

– *Sí,* je peux le faire. Je vais réunir les danseurs et nous essaierons de nouveau demain. Aujourd'hui a été… un challenge.

– Oui, on peut dire ça, je réponds en souriant. On va passer à son relooking, et on se retrouve ici demain, après le petit déj.

– *Mañana. Sí.* Bogart, *amante,* est-ce que tu veux m'accompagner à dîner, ce soir ?

– C'est mort, mec ! s'exclame Bo, faisant sursauter le chorégraphe. Écoute, *Petit,* je ne suis pas gay. Ça ne me pose pas problème que tu le sois, mais j'en ai assez que tu me dragues alors que je t'ai dit cent fois que je n'étais pas intéressé.

– Quelle fougue ! répond Pete en haussant un sourcil. Ça me plaît. Je te laisse filer. J'ai besoin de sommeil pour rester beau, de toute façon. *Adios, amante,* dit-il en en lui faisant au revoir de la main.

Lorsqu'il est parti, je regarde Bo et imite son geste.

– *Adios,* mon joli Bo, je lance d'un ton moqueur.

Bo passe ses mains sur son visage, clairement agacé.

– Bon sang, il me faut une poulette ce soir. On sort, ou quoi ? Ça fait trois jours qu'on traîne avec des gamines et j'ai besoin d'une vraie femme, si tu vois ce que je veux dire.

Skyler éclate de rire alors que Violeta et Juliet reviennent, une bouteille d'eau et une pomme à la main.

– Les filles, on a changé de stratégie. Fini la danse, je déclare.

– Ah bon ? Tu veux dire pour aujourd'hui ? demande Juliet.

– Non, ma puce, répond Skyler. On va te laisser te concentrer sur le chant. Je pense que ça va te plaire. Je t'expliquerai en route.

– On va où? demande Violeta avant de boire une gorgée d'eau.

– On entre dans mon territoire, explique Bo en retroussant ses manches. On attaque la phase une du relooking: la garde-robe.

– *Yes!* s'exclame Violeta.

JJ croise les bras, baisse les yeux et frotte le parquet de la pointe de sa chaussure.

– Tu n'aimes pas le shopping? demande Skyler en passant sa main dans sa queue-de-cheval.

– Je ne sais pas... D'habitude, je mets les vieux habits de Violeta ou de ma mère, ou bien des fringues d'occasion.

– Eh bien, JJ, tout ça va changer. Viens, ça va être amusant.

♦ ♦ ♦

– Houba houba! C'est qui cette bombe dans la glace? siffle Bo.

JJ est vêtue d'un pantalon en cuir noir qui met en valeur ses superbes fesses, et d'un chemisier blanc sans manches, assez long pour couvrir son ventre qui est pour elle une source de complexe. De toute façon, son atout principal est son derrière rebondi.

– Mmm-hmmm, tes fesses méritent clairement d'être sous le feu des projecteurs, dit Skyler en montant sur le petit podium à côté de JJ.

Elle se tourne pour regarder ses fesses dans le miroir et soupire.

– Je ferais tout pour avoir les mêmes que toi, dit-elle alors que JJ écarquille les yeux.

– Tu plaisantes, tu es parfaite, Sky! Tout le monde rêve d'être comme toi.

– Tu penses ça parce que tu es conditionnée par les médias mais, meuf, tout le monde a quelque chose qui les rend unique. En plus d'avoir la voix d'un ange, tu as une silhouette en huit devant laquelle tous les mecs vont baver. Je te le promets, dit Sky en prenant JJ par la taille. Regarde combien ta taille est marquée à côté de la mienne, ajoute-t-elle en montrant ses hanches plates.

– Et moi, alors ?!, s'exclame Violeta en rejoignant le duo et en soulevant son T-shirt pour montrer son buste longiligne. Je suis complètement plate de haut en bas. C'est parfait pour être mannequin, mais moins génial pour séduire les mecs, conclut-elle en faisant la moue.

Elle n'a pas tort, elle a le corps d'un petit garçon, comparé à ceux de Sky et Juliet.

– Heureusement, mon visage paie les factures. Pendant ce temps, ta voix paiera les tiennes. On doit utiliser les atouts que Dieu nous a donnés. Moi, je vais employer mon corps tant que je le peux, apprendre tout ce que je peux de l'industrie de la mode et prendre des cours de design par correspondance. Un jour, j'espère mettre à profit mon savoir et dessiner mes propres vêtements. Mon visage ne me rapportera de l'argent que tant que je suis jeune, c'est-à-dire une dizaine d'années, maximum. Ensuite, il faudra que je trouve autre chose. Toi, ta voix te fera travailler toute ta vie. Ne te sous-estime pas, JJ.

Elle regarde sa sœur de haut en bas, puis elle éclate de rire, et Sky et JJ se joignent à elle pendant que Bo part chercher d'autres tenues. Je les observe et je remarque que le regard de Juliet est déjà plus vif et pétillant, elle commence à se voir différemment. Elle caresse ses vêtements, comme si c'était eux qui l'avaient changée, alors qu'elle commence simplement à gagner confiance en elle maintenant qu'elle n'est plus opprimée par les diktats de la beauté.

– Je trouve ce look génial et parfait pour une fille de ton âge. Maintenant, passons aux chaussures et aux bijoux, dit Bo en lui tendant des escarpins d'un bleu électrique.

Juliet les regarde en fronçant les sourcils.

– Euh, je ne peux pas marcher avec ça. Je tiens à peine debout en ballerines.

– Eh bien, tu vas devoir t'entraîner, ma biche, répond Bo en levant les yeux au ciel. Avec ta petite taille, les danseurs auront l'air de géants à tes côtés. On doit faire ce qu'on peut pour y remédier. Quand tu seras assise pour les interviews, tu pourras mettre des chaussures plates. Sinon, je t'encourage à mettre des talons hauts.

Juliet met les escarpins et grandit aussitôt de sept centimètres. Elle est loin d'être aussi grande que sa sœur et Skyler, mais au moins elle ne paraît plus aussi minuscule. Elle se tient plus droite et son visage s'illumine de fierté lorsqu'elle se regarde dans le miroir. C'est révélateur : je crois qu'elle commence enfin à voir qu'elle est belle.

– Tiens, dit Bo en lui donnant un gros collier doré et plusieurs bracelets assortis. Je pense qu'il lui faut du vernis rouge et du rouge à lèvres coquelicot, ajoute-t-il.

– Carrément, répond Skyler en hochant la tête.

Bo s'en va et revient avec des bagues, un rouge à lèvres et une pince à cheveux.

– Tiens, dit-il à Skyler en lui donnant le rouge à lèvres et en se mettant derrière Juliet pour s'occuper de ses cheveux.

Il enroule ses longues mèches en prenant soin d'en laisser quelques-unes sur le côté, et il les attache avec la pince.

– Les mèches sont du mauvais côté, marmonne Juliet, les yeux rivés sur sa cicatrice.

– Non, on a dit qu'on la mettait en valeur, tu te souviens ? Tu vas montrer au monde entier que la beauté n'est qu'une question de perception. Tu trouves Skyler parfaite, et comme je la connais bien, je sais qu'elle est aussi belle à l'intérieur qu'à l'extérieur. Néanmoins, c'est aussi une des femmes les moins sûres d'elles que je connaisse, et elle est complètement tarée lorsqu'il s'agit de ses chiens. Or, ça ne se voit pas comme ça.

Juliet regarde Skyler pour qu'elle confirme les paroles de Bo.

Ma nana hoche la tête, puis elle met un coup de poing dans le bras de mon ami.

– Eh, mec, ne révèle pas tous mes secrets ! Cela dit, c'est vrai, ajoute-t-elle à l'égard de Juliet. Je suis un peu folle avec nos chiots, n'est-ce pas, chéri ?

Je saisis sa main et l'oblige à descendre du podium pour la prendre dans mes bras et l'embrasser.

– Ouais, mais j'adore.

– Qui s'occupe des chiens pendant que vous êtes en Espagne ? demande Violeta.

– Tu ne m'as pas bien compris, dit Bo en riant. Je t'ai dit qu'elle était dingo. Elle les a amenés avec elle. Un de ses gardes du corps les promène pendant qu'on travaille, explique-t-il en prenant la main de JJ pour lui enfiler les bagues.

Violeta éclate de rire et Juliet sourit. Skyler retourne à leurs côtés et ouvre le rouge à lèvres en s'arrêtant devant la chanteuse.

– Fais comme ça, dit-elle en faisant la moue.

Juliet lui obéit et reste immobile tandis que Skyler la maquille.

– Là. Superbe. Et sexy, déclare-t-elle avant de s'écarter pour que Juliet se voie dans le miroir.

– Bon. Qu'est-ce que tu penses du look, ma biche ? Tu valides ? demande Bo.

Juliet étudie son reflet, caresse ses cheveux et se tourne à gauche puis à droite pour s'évaluer. Elle a déjà l'air beaucoup plus âgée, et carrément sexy.

– Je n'arrive pas à croire que c'est moi, dit-elle d'une voix tremblante.

– Sœurette, tu as toujours été canon. C'est juste que tu le caches sous des vêtements trop grands. Mais tu t'es vue ? Tu es une bombe ! *¡Muy caliente!* s'exclame-t-elle avant de lui mettre une fessée.

– J'ai l'impression de rêver, dit Juliet, les larmes aux yeux.

Sky passe ses bras autour de moi, plaquant le rouge à lèvres sur mon torse, ce qui me donne une idée. Je lui prends le tube des mains et j'avance jusqu'au miroir pour y écrire un nouveau mantra.

Ne cesse jamais de rêver.

Je sors mon téléphone et fais signe à tout le monde de reculer, puis je me mets derrière Juliet.

– Prends la pose !

– Comment ? demande-t-elle.

Sky éclate de rire, mais Violeta se place à côté de sa sœur et lui montre quoi faire.

– Comme ça. Main droite sur la hanche, l'autre sur le côté gauche de ta tête. Tends la jambe droite pour montrer combien tu es canon avec ce pantalon et ces chaussures.

Je me décale pour ne pas être sur la photo, prenant soin de bien cadrer le mantra et le reflet de Juliet.

– Tiens la pose, sœurette. Maintenant, regarde droit dans le miroir et respire par la bouche.

Elle ouvre la bouche et je prends aussitôt la photo. J'étudie le résultat tandis que Sky vient à mes côtés pour la voir. Mon cœur bat plus vite, Skyler couvre sa bouche avec sa main.

– Ma pêche...

– C'est incroyable !

– N'est-ce pas ? je dis en souriant jusqu'aux oreilles.

On continue de regarder la photo quelques secondes pendant que Violeta apprend différentes poses à sa sœur.

– Bo, viens voir. Mate ça.

Il nous rejoint avec une démarche on ne peut plus virile en dépit des escarpins et des robes qu'il tient dans les mains et sur les bras.

– Putain, merde ! On est bons ! dit-il en découvrant la photo.

– Chérie, je dis à Juliet, tu ne vas avoir aucun mal à séduire le monde entier avec ta beauté unique. Tu es superbe et parfaitement naturelle.

– C'est vrai, ajoute Sky. Il faut la poster sur ton compte Instagram et celui du label de musique. Envoie-nous la photo, chéri.

Je m'exécute et Violeta sort aussitôt son téléphone de sa poche.

– *¡Mierda!* JJ, tu es magnifique ! s'exclame-t-elle d'une voix aiguë. Ça va être ma photo Instagram de la semaine. Peut-être même du mois !

Juliet regarde la photo que lui montre sa sœur. Elle étudie de nouveau son reflet, puis elle nous regarde, Skyler, Bo et moi, avec dans les yeux une expression émerveillée et pleine de reconnaissance.

Je suis tellement ému de la voir aussi heureuse que je me racle la gorge et serre Skyler contre moi.

Juliet tourne de nouveau la tête vers le miroir, ses paroles nous prennent tous par surprise.

– *Never stop dreaming,* dit-elle. Ce sera le titre de mon premier album.

CHAPITRE 7
Skyler

– Yo, Wendy, ça gaze ? dit Parker en riant.

Mince, il est plus saoul que je ne le pensais. Nous avons fini de dîner dans notre suite avec nos chiots, et nous tâchons désormais de nous détendre en buvant joyeusement.

La journée a été géniale, et elle s'est conclue de manière encore plus magique lorsque Juliet s'est vue dans la glace et s'est enfin perçue comme la belle jeune femme qu'elle est. Je ne pensais pas être aussi épanouie en aidant une autre artiste ou en participant à une autre mission d'*International Guy*, et je découvre à quel point c'est enrichissant. J'espère que ça l'est aussi pour Juliet. En tout cas, ça me conforte dans mon envie d'ouvrir une école pour jeunes acteurs.

Pour revenir à Juliet, nous sommes en bonne voie pour réussir.

Le premier objectif est accompli : Juliet voit enfin combien elle est belle.

Le deuxième devrait être réussi aussi : on doit encore travailler sur sa présence scénique, mais nous y reviendrons lorsque le chorégraphe aura procédé aux changements afin que les danseurs mettent Juliet en valeur.

Le troisième but est de taille : nous devons faire en sorte que Juliet puisse chanter devant un public sans trembler de peur. Néanmoins, le monde entier mérite de l'entendre et nous devrions réussir à le lui faire accepter.

La quatrième mission sera de la mettre à l'aise devant les caméras et les journalistes. Parker dit avoir un plan pour cela, mais c'est le dernier point sur l'agenda.

Étant donné tout ce qu'il nous reste à faire pour préparer Juliet, nous avons prolongé notre séjour en Espagne pour rester dix jours, et il ne nous en reste plus que six. Bo et Violeta emmènent Juliet à ses cours de maquillage et de coiffure demain, afin que Parker et moi puissions nous promener dans Madrid.

Je nous vois déjà marcher dans les rues madrilènes, main dans la main, avec nos chiens. Je soupire de bonheur en regardant mon mec qui grimace, révélant que quelque chose ne va pas.

– Lis-le-moi, grogne-t-il au téléphone d'une voix furieuse et angoissée.

Il fronce les sourcils et pose si fort son verre sur la table qu'il renverse son whiskey. Il ne se préoccupe pas de l'éponger et je me retiens de le faire.

– Envoie-moi une photo du message. Envoie une copie à Nate, aussi. Tu sais par quel moyen il est arrivé ?

Sa mâchoire se contracte et il claque des doigts dans ma direction alors que je suis assise devant mon ordinateur.

– Ouvre ma boîte mail, ordonne-t-il.

Parker me parle rarement sur ce ton, je devine que c'est à cause de ce que lui apprend Wendy, sinon je n'aurais pas laissé passer ça.

Je rentre son mot de passe et ouvre sa boîte de réception, découvrant que Wendy vient de lui envoyer un courriel. Je ne clique pas pour l'ouvrir, même si j'en meurs d'envie, car ça ne me regarde pas.

Parker se penche par-dessus mon épaule et saisit la souris pour ouvrir le mail. Il télécharge la pièce jointe et nous découvrons la photo d'une feuille blanche contenant un message.

Mon cœur cesse de battre lorsque je le lis, et je retiens mon souffle.

TU NE PEUX PAS
LA CACHER POUR TOUJOURS.
ELLE EST À MOI.
ON EST LES MÊMES.

– Mon Dieu, chéri...

Je déglutis plusieurs fois, essayant de ravaler le nœud qui se forme dans ma gorge. Parker pose sa main sur mon épaule et, soudain, respirer ne me semble plus si difficile. Je couvre sa main avec la mienne et la serre fort.

– Ne t'en fais pas, ma pêche, dit-il simplement. Je vais m'en occuper.

Je ferme les yeux et réalise tout à coup que, malgré ce qui nous attend à la maison, nous sommes à des milliers de kilomètres, en sécurité.

– Ouais, on te rappelle plus tard. Tiens-moi au courant, dit-il avant de raccrocher et de poser son téléphone à côté de son ordinateur.

Il s'agenouille et tourne la chaise de bureau pour que je sois face à lui. Il avance entre mes jambes et je les joins autour de sa taille, croisant les chevilles tandis qu'il caresse mes cuisses en me regardant dans les yeux.

– C'est juste une tentative d'intimidation. Tu es en sécurité avec moi. Je ne laisserai jamais rien t'arriver, dit-il d'une voix si pleine de confiance que je me sens déjà mieux.

Je passe mes bras autour de son cou et appuie mon front contre le sien, respirant son parfum mêlé à celui du whiskey.

– Je le sais, mais ce n'est pas pour moi que je m'inquiète. C'est pour toi. C'est à toi qu'est destiné le message, comme le premier, je dis en me mordant l'intérieur de la joue.

– Oui, c'est vrai, mais je ne suis qu'un moyen de t'atteindre. Cette personne est obsédée par toi. De son point de vue, c'est moi qui t'arrache à elle. C'est dingue et complètement tordu, mais on a affaire à un cinglé, quelqu'un qui est vraiment malade, et ça me fout la trouille, parce que ça veut dire que tu es en danger.

– C'est insensé, je n'ai rien fait pour mériter ce genre d'attention.

– Bébé, le simple fait d'être toi et de faire le métier que tu fais te rend accessible. N'importe quel taré peut imaginer que ce qu'il voit à l'écran est la réalité.

Je ferme les yeux et serre Parker plus fort.

– Est-ce que Wendy ou Annie ont trouvé quoi que ce soit sur le message ? Une adresse ou un détail utile ?

Parker secoue la tête en grinçant si fort des dents que je l'entends. Je pose mes mains sur ses joues et masse sa mâchoire, essayant d'en libérer la tension.

– Je suppose que ç'aurait été trop beau, je soupire.

Si seulement tout ça pouvait cesser, je veux seulement que Parker et moi puissions nous concentrer sur ce qui compte : nous, notre travail, nos chiots, notre nouvelle maison. La vie qu'on construit ensemble.

– Qu'est-ce qu'on sait pour l'instant ? je demande d'un ton accablé en prenant une inspiration tremblante.

Je connais déjà la réponse, mais j'ai besoin de l'entendre pour avoir les idées plus claires.

– L'enveloppe a été déposée en personne ou laissée à l'accueil de l'immeuble. Annie dit que c'est la même enveloppe lambda que pour le premier message. Cette fois, elle l'a tout de suite donnée à Wendy, qui ne l'a pas touchée pour ne pas y ajouter d'empreintes. Il n'y avait rien dessus à part mon nom, imprimé sur une étiquette blanche, avec un tampon *Confidentiel* rouge, comme la dernière fois. En gros, il n'y a rien de nouveau, sauf que cette fois-ci, le message est plus désespéré et menaçant.

Je réfléchis à ce que vient de dire Parker lorsque son téléphone sonne. Il ne décroche pas, entièrement concentré sur moi.

– Est-ce que ça va ? Est-ce que j'aurais mieux fait de ne pas te le dire ? Je voulais te le cacher, mais j'ai promis de ne plus le faire, et je ne veux pas trahir les promesses que je te fais. Même si ça va à l'encontre de mon instinct macho.

Je souris, même si je suis à deux doigts de fondre en larmes.

– Tant que je suis avec toi, je vais bien. Réponds au téléphone, je suis sûre que c'est Nate ou Wendy.

Il saisit son portable et je vois le nom de Nate à l'écran.

– Tu en penses quoi ? dit-il en décrochant.

Il écoute pendant quelques secondes, puis il se lève et se met à faire les cent pas, comme toujours lorsqu'il est inquiet ou qu'il cherche la solution à un problème.

– C'est vrai, dit-il en fronçant les sourcils et en tournant la tête vers moi. Sky, bébé, je peux m'asseoir là ? J'ai besoin de regarder quelque chose.

Je me lève, et Midnight se réveille de sa sieste. Je m'assois à côté de lui et de sa sœur, sur le canapé, et je passe ma main dans ses poils. Cela m'aide à me calmer et à me changer les idées.

– Ouais, le ton n'est pas le même que celui des lettres. Tu as demandé à Tracey si Sky avait reçu d'autres courriers ?

Il pianote sur le clavier et ouvre les copies des lettres signées *Ton Vrai BF*.

– Le dernier sms que j'ai reçu, c'était avant notre départ, dit-il en se massant les tempes. C'était une mise en garde. Attends, laisse-moi l'ouvrir. Oui, c'est vrai que les sms sont en majuscules, comme les deux courriers. Mais le rythme n'est pas le même.

Parker se lève et traverse la suite jusqu'à la salle à manger, puis il fait demi-tour et revient d'un pas déterminé. Je sais qu'il réfléchit à toute vitesse, envisageant tous les scénarios possibles les uns après les autres.

– Wendy dit que les lettres lui sont familières. Elle n'a pas réussi à mettre le doigt dessus, mais elle va les relire demain, à tête reposée. Apparemment, elle a un logiciel qui compare les mots et les phrases pour trouver des liens lorsqu'ils existent. Elle est en train d'y entrer toutes les lettres, les deux messages et les sms que Sky et moi avons reçus.

Parker gonfle ses poumons et se passe plusieurs fois la main dans les cheveux.

– Ok, tiens-moi au courant si tu as d'autres infos. Je veux que les vidéos des caméras de sécurité soient passées en revue pour les dernières quarante-huit heures. Débrouille-toi pour les obtenir. Je suis sûr que le proprio de l'immeuble ne s'y opposera pas si tu lui expliques pourquoi. C'est un mec sympa, et on est de bons locataires. En plus, il a trois filles, il ne sera pas content de savoir que Skyler reçoit des menaces, surtout quand c'est elle qui loue le penthouse.

Soudain, Parker se dresse et se crispe en serrant le poing.

– Quoi ? Pourquoi tu ne l'as pas dit plus tôt, Nate ?

Merde. J'arrête de caresser mes chiens, mon ventre se noue de nouveau.

– Qu'est-ce qu'il foutait là ? aboie-t-il.

Il écoute Nate pendant une trentaine de secondes, puis il penche la tête en arrière et pousse un grognement.

– À ton avis, quelles sont les chances qu'il passe au bureau pour inviter Skyler à boire un café précisément le jour où Annie reçoit une enveloppe renfermant des menaces ? Bon sang !

Il écoute la réponse de Nate et fend brusquement l'air avec sa main.

– Je veux que ce type soit banni de l'étage d'*IG* ! hurle-t-il avec une colère si vive que je recule dans le canapé et que Sunny rampe par-dessus son frère pour se blottir contre moi.

Elle doit savoir que son père est furieux. Midnight lève la tête et, au lieu de se cacher contre moi, il saute du canapé et rejoint Parker.

– On sait où il travaille. Ça suffit maintenant, j'en ai assez. Je vais lui rendre une petite visite dès que je serai rentré !

Parker tire sur ses cheveux et plonge son regard furieux dans le mien. Midnight s'assoit à ses pieds et regarde son père qui baisse la tête vers lui. Il s'accroupit et son visage s'adoucit, il gratte la nuque de son chien jusqu'à ce que celui-ci se jette contre lui, le faisant tomber en arrière et lui arrachant un sourire.

– C'en est fini de ce putain de Benjamin Singleton, Nate. Si cet enfoiré tente de nouveau de prendre contact avec Sky, je donnerai aux médias de quoi parler pendant des mois. Que je ne croise pas son chemin, sinon Skyler devra venir me chercher en tôle.

Il raccroche et jette son téléphone dans le fauteuil. Celui-ci rebondit et, par chance, atterrit sur le repose-pieds.

– Chéri...

Parker prend Midnight dans ses bras et le laisse lui lécher le cou. Il vient vers moi et s'assoit de côté pour pouvoir me regarder. Le chiot s'installe entre nous et pose sa tête sur la cuisse de son papa.

– Apparemment, Benny Singleton est passé au bureau pour avoir ton numéro de téléphone et savoir quand tu seras de retour à Boston.

– Pour quelle raison ferait-il ça ? je demande en grimaçant.

– Apparemment, cet abruti n'a pas compris mes sous-entendus. Il est venu t'inviter à boire un café, grogne-t-il sur un ton dédaigneux.

– J'espère que tu sais que je n'ai rien fait pour l'encourager, je ne comprends pas pourquoi il nous croit amis. Comme je te l'ai dit, je ne l'avais pas vu depuis la pub qu'on a tournée quand j'avais huit ans. Mais quand je l'ai croisé au café, je ne pouvais pas faire autrement que de lui parler puisque j'avais renversé son thé. Tu sais bien que je ne suis pas comme ça, chéri. Je me suis doutée que quelque chose ne tournait pas rond quand il a continué à être lourd, même après avoir rencontré mon mec et mes gardes du corps. C'est un peu dingue, non ?

– Un peu ? s'étonne Parker en haussant les sourcils. Bébé, ce type est complètement taré !

Je ne peux me retenir de sourire en entendant l'expression de mon mec.

– Alors, tu crois que c'est Benny qui a déposé l'enveloppe ? Tu penses qu'il est le génie derrière tous les sms qu'on a reçus et toutes ces lettres ?

Parker se frotte le visage avant d'appuyer sa tête dans sa main.

– Le timing ne peut pas être une coïncidence, c'est impossible.

– Mais alors, comment s'est-il procuré nos numéros de téléphone ? Et pourquoi demanderait-il le mien à Annie s'il l'a déjà ?

– Je ne sais pas. Peut-être que c'est une ruse pour qu'on ne le soupçonne pas ? propose-t-il.

– Sans rire, chéri, tu crois qu'il est assez intelligent pour ça ?

– Je ne sais pas. Tout ce que je sais, c'est que je suis fatigué. J'en ai assez de ne pas savoir qui nous menace, assez de me sentir inutile. J'en ai assez. On a besoin de tranquillité et d'être en paix, toi et moi.

Je tends la main pour caresser sa joue et il m'embrasse sur la paume avant de soupirer longuement.

– Je sais. Je veux être ton havre de paix, chéri.

Je soulève Sunny pour la poser de l'autre côté du canapé, puis j'en fais de même avec son frère. Ils se blottissent l'un contre l'autre, comme d'habitude, et je les recouvre avec leur couverture pour qu'ils aient une odeur familière.

Je me lève et tends la main à mon homme.

– Allez viens, chéri. Ça suffit pour aujourd'hui. Tout sera plus clair demain matin.

Parker me suit sans rien dire et lorsque nous arrivons dans la chambre, il reste debout à côté du lit, les yeux rivés sur la couette et la pile de coussins. Je le retourne pour déboutonner sa chemise et il agite les bras pour l'enlever. Lorsque je la dépose sur la chaise, il défait sa ceinture et son pantalon et il s'assoit sur le lit. Je m'agenouille devant lui et enlève ses chaussures et ses chaussettes avant de baisser son pantalon. Il soulève son bassin pour m'aider, et bientôt il n'est plus qu'en boxer noir.

Sans un mot, j'ouvre le lit et jette plusieurs coussins par terre. Toutefois, je n'ai pas encore eu le temps de m'allonger qu'il saisit mes hanches et plaque sa tête contre mon ventre.

– Je ne peux pas te perdre, Sky. Tu es mon avenir. Il n'y a qu'avec toi que je veux avoir la vie dont j'ai toujours rêvé, dit-il en m'embrassant sur le nombril. La peur de te perdre me ronge un peu plus chaque jour tant qu'on n'a pas trouvé ce taré. Je ne peux pas prendre le risque de baisser la garde, et je ne le ferai pas tant que je ne serai pas certain que tu es en sécurité.

Je passe mes mains dans ses cheveux et lui gratte le crâne.

– Tu ne me perdras pas. Avec toi, Nate, Rachel, Bo, Royce, Mick, Wendy... plein de gens me protègent et enquêtent sur cette histoire, chéri. Ça va aller.

– Je t'aime tellement, Sky. Je n'ose même pas imaginer...

Sa voix se met à trembler et il ne termine pas sa phrase. Je me dégage de son étreinte pour m'asseoir sur ses genoux et le tenir dans mes bras.

– Je t'aime aussi. Plus que je ne le pensais possible, je chuchote en appuyant ma tête contre la sienne. On va s'en sortir. La vie va forcément nous lancer des défis, mais pour l'instant, cela n'a fait que nous rendre plus forts. Ce sera toujours comme ça, tu verras.

Je l'embrasse sur le front et il enfouit son nez dans mon cou pour respirer mon parfum. Il se sent perdu et il a peur, mais quand on est dans les bras l'un de l'autre, toutes nos angoisses disparaissent et nous sommes invincibles. Je reste silencieuse et lui offre tout mon amour et toute ma force, caressant simplement son dos pour qu'il sache que je suis là, avec lui.

– Bébé, je suis tellement fatigué, murmure-t-il dans mon cou.

– Je sais. Viens. Ce soir, on se couche et *on dort, et demain matin on fait une grasse matinée. Une vraie.*

– Tu veux dire que je ne peux pas remplir mon devoir d'homme et donner du plaisir à ma femme ?

– Je n'ai pas dit ça, mais ce soir, c'est à moi de m'occuper de toi, et parfois ça implique qu'on reste sages.

Il me dévisage d'un air incrédule.

– Justement, s'occuper de moi implique forcément qu'on ne le soit pas, déclare-t-il d'un ton on ne peut plus sérieux.

Je souris et me lève pour enlever mon pantalon, il étudie ma culotte Wonderbra en dentelle sans que son regard ne s'embrase comme d'habitude. Je glisse mes mains sous mon T-shirt pour dégrafer mon soutien-gorge, et je passe un bras puis l'autre sous les bretelles pour m'en débarrasser sans enlever mon haut.

– Bébé, c'est la chose la plus cool que j'aie jamais vue, dit Parker, et ses yeux pétillent de malice.

– Si tu le penses vraiment, je dis en faisant le tour du lit pour aller de mon côté, c'est que tu es encore plus fatigué que je ne le croyais.

Il pousse un grognement et se laisse tomber sur le lit. Lorsqu'il est installé, je me blottis contre lui, pose une jambe sur la sienne et un bras sur son ventre, puis je blottis mon visage dans son cou.

– Dors. Demain est un autre jour. On décidera quoi faire.

– Je ferai tout pour te garder en sécurité, Sky, dit-il en bâillant.

Je l'embrasse sur le torse et repose ma tête sur l'oreiller.

– Je sais, chéri.

– N'importe quoi, chuchote-t-il juste avant que je ne sente son corps se détendre et qu'il ne sombre dans un sommeil profond.

Je profite de sa chaleur pour réchauffer ma peau glacée et je murmure, tout contre lui :

– Je ne peux pas te perdre, moi non plus. Hors de question.

CHAPITRE 8
Parker

Skyler et moi avons dormi jusqu'à dix heures, ce matin, et nous avons passé le reste de la matinée et le début de l'après-midi à faire l'amour et à renouer physiquement et émotionnellement. Aujourd'hui, Skyler et mon amour pour elle sont comme une religion, et je veux m'agenouiller devant son autel aussi souvent que possible.

Après avoir fait l'amour, allongés dans le lit, nous nous sommes chuchoté à l'oreille tout ce que nous comptions faire dans notre nouvelle maison. Skyler m'a dit vouloir peindre l'intérieur dans des tons apaisants de bleu, de beige, de crème, de jaune et de blanc, et je lui ai dit que je voulais planter pour elle un jardin de fleurs et construire un bac pour jouer au fer à cheval ainsi qu'une planche à cornhole[1], où les mecs et moi pourrons nous détendre en buvant une des dernières bières artisanales dénichées par mon père.

---

1. Jeu extérieur dans lequel les joueurs lancent tour à tour des sacs de maïs sur la plateforme adverse, en essayant d'y viser le trou. (NdT)

Je lui ai fait part de mon souhait de choisir moi-même le mobilier pour le porche, parce que j'ai la ferme intention d'y passer mes soirées avec elle. J'ai plaisanté en lui annonçant que j'avais l'intention de lui acheter trente maillots de bain, pour avoir le plaisir de lui enlever un ensemble différent tous les jours. Elle a éclaté de rire et a promis de faire passer tout de suite le message à son assistante shopping.

Nous avions vraiment besoin de ce moment de tranquillité pour retrouver notre équilibre à deux. Maintenant, nous nous promenons avec nos chiens dans le célèbre parc Casa de Campo. Cette journée est pour nous.

– Tu savais que ce jardin est cinq fois plus grand que Central Park ? je dis, répétant ce que j'ai lu dans mes recherches.

J'espérais bien que nous aurions un moment à nous, et j'ai même prévu une surprise pour ce soir.

Elle regarde les grands arbres et les édifices royaux, au loin, et elle gonfle lentement ses poumons, un sourire sur les lèvres.

– C'est dingue d'être sous le soleil, avec toi et nos chiens. Je ne pensais pas pouvoir être aussi détendue.

– Surtout avec tout ce qui se passe, je grogne, regrettant aussitôt mes paroles lorsqu'elle grimace et serre plus fort ma main. Désolé, ma pêche. Je ne voulais pas ressasser ça.

– Non, ne t'en fais pas, répond-elle en passant sa main dans ses cheveux. Il faut qu'on puisse en parler. Dans quelques années, on n'y pensera plus. Mais concentrons-nous plutôt sur le fait que nous sommes à Madrid, dans un des plus beaux parcs du monde, et que personne ne nous a encore reconnus.

– Tu as raison, ma belle.

Le poids qui écrase ma poitrine et m'empêche de respirer se dissipe un peu plus à chaque nouveau pas à ses côtés. Je la prends par les épaules et elle lève la tête vers moi, m'offrant l'occasion de l'embrasser tendrement et de savourer son parfum divin.

– Je crois que je n'en aurai jamais assez de toi. Je ne me lasserai jamais, je chuchote alors qu'elle sourit.

– J'espère bien, parce que tu es coincé avec moi, mon grand ! glousse-t-elle en enfonçant son doigt dans mon ventre.

En poursuivant notre balade, nous arrivons bientôt au bord d'un lac où des touristes montent dans de petites barques rouges et blanches. Je tire Skyler par la main et l'emmène vers l'embarcadère. Elle me suit en sautillant, souriant jusqu'aux oreilles, clairement ravie par mon plan.

– Non, c'est une mauvaise idée, gronde Nate derrière nous.

Mince. J'avais oublié qu'ils étaient là. Ça en dit long sur leur discrétion, Sky est protégée sans que leur présence ne soit oppressante.

Je m'arrête et fais demi-tour pour lui parler. Rachel est à quelques pas de Skyler, un sourire aux lèvres, et elle observe les environs. Elle porte des lunettes de soleil aviateur et ses cheveux sont tressés et attachés en queue-de-cheval. Pour la première fois, je remarque que le côté de sa tempe est rasé, avec des lignes blanches, ce qui lui donne encore plus l'air d'une dure à cuire.

– Nate, écoute mec, tout va bien, je dis en regardant autour de nous. Tu as vu la moindre trace d'une menace ?

– Non, mais ce n'est pas une excuse pour baisser notre garde. On doit être vigilants à tout moment.

– Très bien. Dans ce cas, louez aussi un bateau et ramez près de nous. J'ai l'intention d'emmener ma nana et mes chiens sur ce lac. Sky adore le soleil et elle a besoin de souffler. C'est le but de cette journée. Je suis désolé, mec, mais si on n'avait pas reçu ce message hier, je t'aurais déjà dit d'aller faire un tour. Comme j'aime Sky plus que tout, je te suis éternellement reconnaissant de la protéger. Toutefois, elle a besoin... ou plutôt on a besoin d'être seuls. Ou du moins d'avoir l'impression qu'on l'est. Tu comprends ?

Nate contracte si fort sa mâchoire que sa gorge gonfle, mais il hoche la tête.

– Très bien. Allez-y. On reste près de vous sans vous déranger.

– Merci, mec.

Je pose ma main sur son épaule et la serre, espérant lui montrer que je comprends combien la situation est difficile pour lui. Je sais qu'il a un travail à faire et que ce doit être compliqué, parfois.

Lorsque je me tourne de nouveau vers Skyler, elle sautille sur place. Elle est vêtue d'un minuscule short noir, d'un débardeur bleu et de Converse, ses longs cheveux blonds tombent dans son dos et brillent sous les rayons du soleil. Elle est adorable, délicieuse, même.

– On a le droit d'y aller ? demande-t-elle en désignant les barques.

Je hoche la tête en souriant.

– Youpi ! Ça fait une éternité que je n'ai pas fait ça !

Nous nous faufilons à travers la foule, suivis de Nate et Rachel.

Une fois que j'ai payé la location des deux barques, je prends la main de Skyler et l'installe dans la nôtre avec nos chiens. Sunny est collée aux mollets de sa maman, l'air inquiet, alors que Midnight semble prêt pour l'aventure. Il pose ses pattes sur une des planches qui servent de banc, et il regarde vers l'avant du bateau comme s'il ouvrait la voie.

Je monte à mon tour dans la barque et je prends une rame pour viser la partie ensoleillée du lac. Dès que nous y sommes, Skyler soulève son débardeur et le remonte sous ses seins pour exposer son ventre, puis elle ouvre son short et replie les coins pour en faire une culotte.

Bon sang, je l'ai baisée trois fois aujourd'hui, et si nous n'étions pas en public, je lui aurais déjà sauté dessus. Avec Skyler, mon appétit est insatiable.

Je l'imite et pose mes rames pour enlever mon T-shirt et laisser le soleil réchauffer ma peau. Skyler sourit derrière ses Ray-Ban, sort son téléphone et me prend en photo.

– Chéri, tu es tellement canon... Si on était seuls, je te sauterais dessus.

J'éclate de rire, ravi que ma nana soit aussi obsédée que moi.

– Crois-moi, je ne me plains pas de la vue, moi non plus.

Elle sourit, puis elle penche la tête et se laisse bronzer. Sunny finit par s'endormir aux pieds de sa mère et Midnight regarde tranquillement les poissons dans le lac. Je me demande s'il serait capable de sauter pour les attraper.

– Bon chien, je dis en caressant sa tête. Reste dans la barque, mon grand.

Il me regarde et lèche ma main. Sky glousse doucement et tend un bras par-dessus bord, laissant ses doigts filer dans l'eau.

– C'est le paradis, chéri.

Le soleil brille, mes chiots sont sages et le clapotis de l'eau nous berce. Le corps superbe de ma femme est sous mes yeux, et je rame dans un environnement de verdure caressé par une brise légère.

– Je suis parfaitement d'accord.

♦ ♦ ♦

– Allez, dis-moi ce qu'on fait, supplie Skyler pour la millième fois.

Je secoue la tête et la prends par la taille tandis que nous descendons la Gran Vía, en plein centre de Madrid. Rachel et Nate nous suivent de près car la rue est très passante, presque autant que Madison Square, à New York.

– Cette rue est connue comme celle qui ne dort jamais, je réponds.

– Comme Las Vegas, dit Skyler dont le regard pétille en étudiant les environs.

– Exactement. On a environ vingt minutes de marche. Ça va aller, avec tes chaussures ? je demande en baissant les yeux.

Elle porte des sandales à talons compensés avec sa petite robe d'été. Et quand je dis « petite », je suis généreux.

– Bien sûr. Les talons compensés, c'est de la triche pour être sexy. Ils donnent l'impression d'être très hauts, mais le pied n'est pas très arqué. Je pourrais courir, s'il le fallait. Ne t'en fais pas pour moi.

– Tant mieux, je réponds en l'embrassant dans le cou pour respirer son parfum de pêche et de crème.

– Que veut dire « Gran Vía », au fait ? demande-t-elle en riant.

– La grande route.

– Ah. Je me demande ce qu'est cet immeuble, poursuit-elle en désignant un bâtiment blanc portant l'inscription Metropolis.

– Comme le dit l'écriteau, c'est l'immeuble Metropolis. Il a été construit en 1911.

– J'adore les dorures et la statue de l'ange sur le dessus.

– En fait, ce n'est pas la statue d'origine, je réponds.

Skyler s'arrête et regarde l'ange aux ailes déployées vers l'horizon.

– Ah bon ?

– Non. Les premiers propriétaires de l'immeuble avaient érigé une statue de Ganymède avec un phénix. Ils l'aimaient tellement qu'ils l'ont emportée avec eux quand ils ont vendu le bâtiment à Metropolis Seguros.

– Waouh, c'est intéressant. Alors, le nouveau proprio a mis une autre statue. Pourquoi ? demande-t-elle en fronçant les sourcils.

– Apparemment, l'ancienne avait tellement pris sa place dans la ville qu'il n'a pas voulu laisser le toit nu, alors ils ont installé autre chose.

– C'est cool. Je préfère l'ange, de toute façon. Un phénix qui renaît de ses cendres et un héros de la mythologie grecque, c'est un peu menaçant, non ? Ils représentent une lutte pour rester en vie, alors que l'ange représente l'espoir et l'amour de Dieu.

Nous continuons de marcher et je réfléchis à ses paroles.

– Je ne te savais pas si pieuse.

– Je ne le suis pas... Je me considère plus spirituelle que religieuse. Ce qui est sûr, c'est que je crois en une puissance divine qui nous observe. Sans cela, je ne pourrais pas penser que mes parents me regardent et me protègent.

– Tu parles rarement d'eux.

Elle se mord la lèvre et balance nos bras d'avant en arrière.

– C'est encore difficile. Ça fait quelques années maintenant, et je crois que j'arrive au stade où je peux penser à eux sans être accablée de tristesse.

– Qu'est-ce qui s'est passé ? Tu as parlé d'un accident de bateau ?

– Ouais, leur yacht a explosé.

– Euh... explosé ?

– C'est ce que disent les rapports d'enquête. Comme il a coulé, ils n'ont pas pu récupérer grand-chose, mais j'ai payé des plongeurs pour sauver tout ce qu'ils pouvaient.

Ils ont trouvé les corps de mes parents, ce qui m'a permis de rendre leur mort officielle. Mais je t'avoue que c'était un peu louche. Un des rapports a dit qu'il y avait une bombe dans le bateau ; un autre que l'explosion était due à un mélange de fioul et de fumée dans le moteur... Les autorités se sont concentrées sur la deuxième explication, parce qu'il n'y avait pas de raison de croire que quelqu'un voulait la mort de mes parents ou du capitaine et de son équipage. Ils n'ont même pas atteint leur première destination. Ils ont fait quatre-vingts kilomètres, et c'était fini.

– Bon sang... Et toi, tu étais où? je demande en la serrant contre moi.

– J'étais avec Tracey, on buvait un verre au port. Avant leur départ, ma mère et moi parlions à Tracey et à mon père du fait que je voulais ralentir les tournages. C'était un sujet fréquent, à l'époque. Ma mère était d'accord avec moi, c'était ma manager. Elle voulait ce qu'il y avait de mieux pour moi. Mon père pensait que je devais faire ce que je voulais, mais il était d'accord avec Tracey sur le fait que je gâcherais mes talents en m'éloignant de la scène alors que j'atteignais le sommet de ma carrière. Mais bon, en fin de compte, il ne voulait que mon bonheur lui aussi, explique Skyler. Ça faisait deux ans que Tracey était devenue mon agent. Elle était douée, et j'aimais savoir que ma meilleure amie était dans mon camp et m'obtenait les meilleurs contrats possible. Cependant, ma mère n'était pas de cet avis. Elle me disait tout le temps de prendre un autre agent, quelqu'un qui ne serait pas aussi attiré par les dollars et qui se concentrerait sur les rôles que je voulais incarner. Cela dit, maman n'a jamais compris l'ambition de Tracey.

– On peut dire qu'elle est carriériste, ça c'est clair.

– Quoi qu'il en soit, une semaine avant leur départ, Maman et moi avons parlé, et elle m'a supplié de ne plus entretenir de liens professionnels avec Tracey. Elle savait que je m'étais toujours vue mener une vie tranquille avec un homme gentil, fonder une famille et avoir une vie simple mais heureuse. Être actrice était mon métier, et tu sais que j'adore ça...

– Oui, mais je sais aussi que ces derniers temps, tes projets changent.

– Oui, parce que ma vie ne tourne plus autour du prochain rôle que je vais jouer. Je suis avec toi, on achète une maison, on a nos chiots, nos amis... dit Skyler en haussant les épaules. Je ne veux plus me contenter d'incarner des personnages que je ne suis pas. C'était marrant avant, et je vais m'éclater en tournant la saga de Geneva James, c'est clair. Ce sera un bon rôle sur lequel arrêter ma carrière ou, à tout le moins, sur lequel commencer à ralentir. Tu vas avoir trente ans dans un mois, et j'aurai vingt-six ans le mois suivant. Je veux me concentrer sur nous, me poser, avoir des enfants...

– Tu veux des enfants bientôt ? je demande en tirant sur le col de ma chemise.

– Ouais, si les choses restent ainsi entre nous. Je ne veux pas attendre trop longtemps... Enfin, si tu es d'accord, ajoute-t-elle en me mettant un petit coup d'épaule pour détendre l'atmosphère.

Je réfléchis quelques instants à la possibilité de me marier et d'avoir des enfants. J'y pense de plus en plus ces derniers temps, surtout maintenant qu'on achète une maison, c'est la suite logique, je suppose.

– Tu as raison. Je ne rajeunis pas et j'ai toujours voulu des enfants. Je pense qu'on est sur la bonne voie, pas toi ?

– Absolument, répond-elle en souriant jusqu'aux oreilles.

Je l'embrasse sur la tempe en continuant de marcher. J'ai réservé le restaurant et je ne veux pas être en retard.

– Une chose à la fois ? je chuchote.

– Une chose à la fois, répète-t-elle en hochant la tête. Maintenant, est-ce que tu veux bien me dire où on va ?

– Non, je réponds en m'arrêtant devant une grande porte en chêne massif. Parce qu'on est arrivés.

Skyler lève la tête et lit l'enseigne.

– Cardamomo Tablao Flamenco.

Son regard s'illumine et elle me regarde en souriant.

– Du flamenco !

– Ouaip ! C'est le seul endroit recommandé par le *New York Times*. C'est un club privé et ce n'est pas facile d'y entrer, mais apparemment ça vaut le détour. On va d'abord y manger, et ensuite il y a un spectacle.

– C'est génial ! s'écrie-t-elle en se jetant dans mes bras. Je suis trop contente !

– Allez viens, ma pêche, je dis en lui ouvrant la porte.

Nous sommes accueillis par l'hôtesse à qui je donne mon nom en indiquant que j'ai précisé vouloir être au pied de la scène, avec une table derrière la nôtre pour Nate et Rachel. Elle nous guide à travers la foule, jusqu'à une longue salle rectangulaire qui est décorée de toutes les couleurs. Les tables rondes placées devant la scène sont assez éloignées les unes des autres pour que les convives puissent dîner tranquillement. Vers le fond de la salle, le sol monte peu à peu jusqu'à des box rouges, mais ils n'offrent pas la vue que nous aurons. Skyler pourra toucher la scène du bout des doigts.

Nous commandons notre repas tandis que l'endroit se remplit lentement. L'entrée est composée de jambon ibérique servi de toasts de tomate, un peu comme des bruschettas italiennes. Nous venons de terminer lorsque le serveur apporte le plat suivant : un plateau de fromage avec du pain.

– S'il y a une chose que j'ai remarquée lors de mes voyages en Europe, c'est qu'ils ne plaisantent pas avec le pain et le fromage. Je ne sais pas pourquoi, les saveurs n'ont rien à voir avec ce que nous avons aux États-Unis, dit Skyler en se léchant les doigts après avoir avalé un gros morceau de fromage. C'est tellement bon ! s'exclame-t-elle.

– Je suis d'accord. Je suppose que la différence principale, c'est que le pain est fait le jour même et qu'ils se procurent le fromage une fois par semaine, donc tout est super-frais.

Elle hoche la tête en préparant un toast qu'elle me tend. Je me penche en la regardant dans les yeux, puis je mords sauvagement dedans, la faisant frissonner d'envie. Je mâche la bouchée quelques secondes et elle regarde le mouvement de ma gorge lorsque je déglutis.

Je tends la main et caresse sa mâchoire du bout du doigt.

– Tu penses au sexe, je dis d'une voix rauque.

– Oh que oui. Je ne sais pas pourquoi, peut-être que c'est parce qu'on a enfin un moment pour nous... Je suis... super-chaude.

Je souris et me penche pour l'embrasser par-dessus la table.

– Tant mieux. Allez, mange.

Elle se mord la lèvre et je dois serrer les dents pour m'empêcher de bander. J'ajuste un peu la bête pour lui laisser plus de place et je bois une gorgée d'eau glacée pour me calmer. Je n'ai pas vraiment envie d'avoir une érection pendant tout le spectacle.

Les plats suivants arrivent bientôt, un filet de porc ibérique servi avec une sauce à l'ail noir pour moi et un confit de cabillaud avec une salade et des poivrons rôtis pour Skyler.

Elle gémit à chaque nouvelle bouchée, ce qui ne m'aide pas à contrôler la bête.

Lorsque nous avons fini et que nous attendons les desserts, je commande du vin rouge en suivant les recommandations du serveur. Skyler rapproche sa chaise de la mienne alors que huit hommes montent sur scène et prennent place au fond. Quatre d'entre eux tiennent des guitares acoustiques, un autre a une sorte de grosse caisse en bois. Trois autres s'assoient sur des chaises, devant des micros. Les lumières de la salle sont tamisées et tout le monde regarde la scène, qui est plongée dans le noir, le temps qu'une femme y prenne place. Elle est vêtue d'une longue robe verte et dorée dont la jupe est constituée d'une dizaine de volants épais. Un grand châle rouge couvre ses épaules, avec de longues franges sur les bords. Ses cheveux noirs sont lissés et attachés sur sa nuque dans un chignon décoré par une grosse fleur blanche.

– Elle est tellement belle, dit Skyler en se blottissant contre moi.

– Oui, c'est vrai.

Cela dit, elle porte des chaussures à talons épais qui sont les plus moches que j'aie jamais vues.

Un des guitaristes commence à jouer, et la femme se met à tourner à droite puis à gauche en dessinant des vagues avec ses mains et en montant lentement ses bras au-dessus de sa tête. Un des hommes commence à chanter et la musique devient plus forte alors que tout le groupe se joint au morceau. Le volume augmente en même temps que les gestes de la danseuse s'amplifient, puis elle se met à frapper des talons sur la scène en bois, si fort que j'en ressens les vibrations dans ma poitrine.

Skyler se balance lentement, en rythme, et son regard devient rêveur devant la femme qui danse.

Le tempo accélère et le volume augmente encore. La salle tout entière semble vibrer au rythme qui parcourt mes veines, et j'ai bientôt l'impression que la musique fait partie intégrante de moi. L'atmosphère devient électrique et sensuelle, et je me penche pour chuchoter au creux de l'oreille de Skyler.

– On dit que le flamenco propage la vie, la passion et la sensualité, je murmure en effleurant son oreille puis son cou avec mes lèvres.

La danseuse enlève son châle et l'agite avec ses bras en tournant sur elle-même, sans cesser de frapper des pieds. Les mouvements de son buste sont lents et sensuels, tandis que ceux de ses jambes sont fermes et puissants. Elle se déhanche brusquement, comme pour exorciser les démons qui flottent autour d'elle et laisser place à la passion, à l'amour et au sexe.

Je pose ma main sur la cuisse de Skyler et joue avec le bas de sa robe pour remonter jusqu'à sa culotte en dentelle, la découvrant déjà trempée.

– Parker... chuchote-t-elle avant d'écarter les cuisses, m'invitant à la toucher.

Je plaque ma main sur son sexe et frotte son clitoris, puis j'approche ma bouche de son oreille en tournant le dos à Rach et Nate pour être sûr qu'ils ne m'entendent pas.

– Allons aux toilettes.

– Ensemble...

– Absolument, je grogne avant de mordiller son oreille.

Je retire ma main de sa jupe et couvre mon érection avec ma veste. Lorsque je me lève et tends la main à Skyler, Rachel et Nate nous imitent.

– Je l'accompagne juste aux toilettes. Restez là, on revient tout de suite.

Nate me fusille du regard tandis que Rachel sourit d'un air diabolique.

– On peut vous suivre... commence Nate lorsque je secoue la tête.

– Park sera avec moi. On fait vite, répond Skyler.

Je l'escorte à travers la foule jusqu'aux toilettes, où je vois une porte marquée *Salida.* J'y emmène Skyler et en l'ouvrant, je découvre une petite cour intérieure avec, dans un coin, une treille sur laquellle pousse une vigne. C'est comme si le propriétaire savait que ses clients seraient tellement envoûtés par le spectacle qu'il leur faudrait un endroit où laisser libre cours à leur passion.

Je remarque une petite pierre et je la cale dans l'encadrement de la porte pour qu'on ne se retrouve pas enfermés dehors. J'avance vers la treille, je vois qu'elle dissimule un coin fumeurs. Parfait. J'avance jusqu'au fauteuil en fer forgé tandis que Skyler reste à l'entrée, suivant mes gestes avec un regard de braise. Ses lèvres sont si moites et douces que j'ai envie de les mordre pour la faire hurler. Je défais ma ceinture et ma braguette, et je sors mon sexe déjà si dur qu'il se dresse jusqu'à mon nombril. Je m'assois sur la chaise, baisse mon pantalon sur mes chevilles et désigne ma verge.

– Assieds-toi dessus. Tout de suite, je gronde.

Sky se lèche les lèvres, passe ses mains sous sa robe et enlève sa petite culotte Wonderbra en dentelle.

– Donne-la-moi, j'ordonne en tendant la main.

Lorsqu'elle me l'offre, je la porte à ma bouche et respire son odeur, me faisant bander de plus belle.

– Ne me fais pas attendre, je grogne en serrant les dents.

CHAPITRE 9
Skyler

Je n'arrive pas à croire ce qu'on fait, ici, dans une cour madrilène où n'importe qui pourrait nous trouver. C'est tellement excitant que je ne suis pas sûre de pouvoir ordonner à mes pieds d'avancer jusqu'à lui.

Apparemment, Parker n'a pas le même problème. Il range ma culotte dans la poche de sa veste, saisit ma main et m'attire à lui pour que je chevauche ses cuisses.

– Tu es tellement dur, chéri, je dis en empoignant sa verge.

– C'est toi qui me rends aussi dur, grogne-t-il d'une voix rauque. Chacun de tes soupirs, chaque coup de langue, chaque fois que tu as balancé tes épaules de gauche à droite, ce soir, m'ont donné un peu plus envie d'être en toi. Je ne peux plus attendre.

Il soulève ma robe, approche son gland de ma fente et me pénètre d'un coup sec.

– Putain !

Je penche la tête en arrière et essaie de m'ajuster pour lui faire de la place. C'est tellement sauvage et imprévu, nos corps sont affamés l'un de l'autre, sans peur et sans doute.

Parker baisse le décolleté de ma robe et effleure mon téton déjà dur tout en tirant sur la dentelle de mon Wonderbra pour prendre mon sein dans sa main. Mon sang bout dans mes veines et embrase ma poitrine et la chair entre mes cuisses. C'est tellement bon que je n'arrive pas à respirer.

– Chevauche-moi, ordonne-t-il d'une voix rauque avant de mordre mon téton, m'arrachant un cri.

Je suis hypnotisée par ses ordres et ses paroles et je lui obéis sans réfléchir. Je me mets à le chevaucher rapidement.

– Dépêche-toi, bébé. Quelqu'un pourrait nous trouver, lance-t-il.

Je ne sais s'il le dit pour me faire peur ou m'exciter davantage, or c'est justement l'effet que me font ses mots.

Sa queue est dure comme fer et il lève son bassin chaque fois que je m'assois sur lui, frappant mon point G, me rapprochant toujours plus de l'orgasme.

– Je vais jouir, je vais jouir, je vais jouir...

Et c'est ce que je fais... de façon spectaculaire.

Parker me plaque contre son torse et appuie sur mes épaules pour m'obliger à rester assise sur lui.

– Putain ! rugit-il dans mon cou.

Il me mord si fort que je me crispe des pieds à la tête et suis surprise par un autre petit orgasme. Il lèche l'endroit où il m'a mordue puis m'embrasse délicatement, nous ramenant lentement sur terre alors que son corps est encore parcouru de spasmes.

J'effleure sa gorge avec ma bouche et soupire contre sa peau chaude. Lorsque nos bouches se rencontrent enfin, nous sommes affamés et nous entre-dévorons en nous accrochant l'un à l'autre.

Soudain, notre bulle de bonheur éclate, au moment où nous entendons la porte du bar s'ouvrir et claquer contre le mur. À travers la treille, je vois une grande silhouette musclée s'approcher, une arme à la main. Je serre Parker contre moi, mais je n'ai pas le temps de le prévenir. La silhouette avance d'un pas rapide vers nous. Je pousse un cri aigu et m'accroche à Parker comme si ma vie en dépendait, m'assurant de le cacher pour qu'il ne soit pas blessé.

– Roh, putain, j'aurais dû m'en douter, gronde une voix que je connais bien, tandis que l'arme disparaît.

– Quoi ? Qu'est-ce qu'il y a ? répond une voix de femme, et une petite tête blonde jaillit derrière la treille. Ah, eh bien voilà, mystère résolu ! Je vous attends dans le couloir, dit Rachel d'un ton amusé.

Elle est sur le point de partir lorsque sa tête réapparaît.

– Tu as de beaux genoux, Parker, ricane-t-elle avant de tourner les talons.

– Euh, chéri, on est d'accord, je ne rêve pas ? je dis en essayant de revenir à la réalité après m'être retrouvée face à un flingue juste après un énorme orgasme.

– Tu ne rêves pas, ma pêche. Nate et Rachel nous ont surpris en plein post-coït alors que j'ai mon pantalon sur les chevilles. Mais je veux que quelque chose soit clair, Skyler : je t'interdis de me protéger en cas de menace. Je veux que tu te caches derrière moi, c'est compris ? gronde-t-il.

Mieux vaut que je ne réponde pas, je ne veux pas lui faire de promesse que je ne pourrai pas tenir, et je ne veux pas me disputer avec lui. Et puis, je trouve la situation hilarante, en fait.

– Au moins, c'était Nate, et pas les...

Je suis sur le point de terminer ma phrase quand un flash illumine la cour.

– Merde ! Nate ! appelle Parker.

J'entends la porte du bar s'ouvrir alors que Parker remonte ma robe pour couvrir mes seins.

– Des paparazzis, derrière la palissade !

Nate saute sur une poubelle et se met à hurler des injures.

– Allez, dégagez, bande de vautours, il n'y a rien à voir, dit-il en agitant les bras.

Pendant ce temps, Parker me soulève pour se retirer et il remonte son pantalon.

– Euh, Rach, tu peux m'accompagner aux toilettes ? je demande discrètement pour que les hommes ne m'entendent pas.

Rachel hoche la tête en silence. Je sais qu'ils ne sont pas contents du risque qu'on a pris, mais je n'ai aucun regret. C'est une des premières fois que nous nous autorisons à être impulsifs et débridés. J'espère que Parker pensera la même chose, surtout quand on me verra le chevaucher dans les magazines people du monde entier. Les médias vont s'en donner à cœur joie...

Cela dit... qu'ils aillent se faire foutre !

◆ ◆ ◆

Parker était déjà de mauvais poil en se réveillant mais il l'est encore plus depuis qu'il a ouvert sa boîte mail et qu'il a reçu des centaines de notifications lui annonçant qu'il avait été mentionné dans la presse. Bien sûr, son humeur ne s'est pas arrangée lorsque nous sommes arrivés au théâtre où Bo nous attendait avec un sourire énorme.

– Une journée tranquille avec ma femme, qu'il m'a dit, lance-t-il d'un ton moqueur.

– Bo... gronde Parker.

– Une balade dans Madrid pour découvrir la vie nocturne, tu m'as dit, poursuit-il.

– Bo, je te préviens...

Derrière Bo, Juliet et Violeta gloussent comme des adolescentes.

– Un dîner romantique, qu'il m'a dit, continue Bo.

– Je t'ai dit d'arrêter, aboie Parker.

– Quelle n'a pas été ma surprise en découvrant la une d'*El Mundo* ce matin, non pas que je puisse le lire...

Il déroule le journal qu'il tient dans les mains et nous montre la une. On nous y voit, Parker et moi, regardant par-dessus nos épaules. Parker a une main sur le creux de mes reins, l'autre sur mes fesses. On aperçoit un minuscule bout de celles-ci, ne laissant aucun doute sur ce que nous sommes en train de faire, et c'est sans parler de son pantalon baissé sur ses chevilles.

– Mais peu importe, puisqu'une image vaut mille mots ! poursuit Bo en souriant d'un air diabolique. Petit coquin, va ! Tu fais ça en public, sous l'œil des paparazzis ?

Il range le journal sous son bras et frappe lentement dans ses mains.

– Bravo. Tu remportes le prix de la partie de jambes en l'air la plus scandaleuse. Ça bat largement l'histoire de la grande roue.

Parker se crispe et je me blottis contre lui pour caresser son torse et l'aider à se calmer.

– La grande roue ? je demande en fronçant les sourcils.

– T'as été trop loin, mec, gronde Parker.

Bo semble sincèrement désolé et il lève les mains en signe de capitulation.

– Ok, je veux bien admettre que ma dernière remarque était de trop. On est toujours amis ?

– Je vais y réfléchir, répond Parker d'un ton lugubre.

– Chéri, écoute, ça allait forcément arriver tôt ou tard, je dis en le prenant dans mes bras. On est amoureux et on aime le sexe. On a du mal à se contenir. Tôt ou tard, les paparazzis allaient choper quelque chose sur nous. Au moins, on ne voit pas nos parties intimes.

– On voit tes fesses !

– Bébé, on voit un tout petit bout d'une joue, presque rien. Je ne me plains pas de tous les sites qui font l'éloge de tes atouts, si ?

– De quoi tu parles ? demande-t-il en haussant les sourcils.

– Chéri, il y a des dizaines de sites qui te sont dédiés, à toi et à ton corps. À tes cheveux. Tu as encore plus de « *j'aime* » quand tu ne t'es pas coupé les cheveux et qu'ils bouclent un peu. J'ai même vu un site qui « démontrait que tu as un gros sexe, parce que tu as de grands pieds. »

Parker baisse les yeux. La théorie est vraie, mais je ne le lui dirai pas, parce que je ne veux pas lui donner une autre raison de se plaindre. Au moins, ils lui attribuent un plus grand sexe que Johan, ce qui est vrai aussi.

Je masse ses épaules et prends ses mains dans les miennes.

– C'est le showbiz, c'est comme ça. Ce n'est pas ta faute. Un jour, quand je ne jouerai plus, tout ça disparaîtra. La photo aurait pu être pire. D'ailleurs, ça ne me dérange pas que les gens sachent combien on s'aime, même si on se le montre d'une façon un peu trop charnelle...

Je plonge mon regard dans le sien et il m'embrasse tendrement. Des cliquetis d'appareils photo retentissent, mais je sais que c'est Juliet et Violeta.

– Continuez, je ne suis pas sûr qu'une seule photo suffise à payer les frais universitaires de mes enfants, lance Bo.

– Mais tais-toi, bon sang ! gronde Parker en souriant. Bon, qu'est-ce qu'on fait aujourd'hui ?

Bo range son téléphone et fait signe à Juliet de monter sur scène. Elle s'exécute et prend place au milieu des dix danseurs. La scène est décorée avec de grosses friandises en carton, peintes de toutes les couleurs.

– J'ai eu une épiphanie, dit Pete Flacko en sortant de derrière une sucette géante. Ça m'est venu en écoutant la chanson de Juliet, « Your Love is like Candy ».

Je sais de quelle chanson il parle, Juliet y explique que, comme les bonbons, l'amour des garçons est délicieux mais mauvais pour elle.

– Juliet va chanter en se déplaçant entre les hommes vêtus de tenues multicolores, et des spots de toutes les couleurs illumineront la scène. Ce sera génial, si beau, que vous aurez envie de manger la scène. Un peu comme j'ai envie de te lécher, *amante* Bogart.

– Bon sang, mec, je ne serai jamais, jamais, intéressé. Je suis hétéro. J'aime les femmes. D'ailleurs, j'adore passer entre leurs jambes et bouffer leur...

Je me précipite vers Bo et couvre sa bouche avant qu'il ne puisse finir sa phrase. Il lèche ma main et je la retire violemment, comme s'il m'avait brûlée.

– Beurk ! T'es dégoûtant ! Tu m'as léchée ! je râle en grimaçant.

– T'as mis ta main sur ma bouche, ma belle. Tu t'attendais à quoi ?

– Rappelle-toi que nous sommes en présence de jeunes filles, s'il te plaît, je soupire en secouant la tête.

Il tourne la tête vers Juliet et Violeta, qui sont rouge cramoisi, et il leur lance un clin d'œil.

– Tu es incorrigible... Pete, qu'as-tu prévu d'autre ? je demande pour changer de sujet.

Le chorégraphe passe la demi-heure qui suit à nous expliquer tout ce que Juliet fera ou ne fera pas, et tout semble génial.

– Et si on regardait ce que ça donne ? dit Parker. Sky, Bo et Violeta, allons nous asseoir dans le public. JJ, j'ai besoin que tu fasses attention au rythme. N'oublie pas que nous ne sommes que quatre à te regarder. Tu penses que tu vas y arriver ?

– Ouais, je crois, répond-elle en regardant ses pieds. Violeta et moi nous nous sommes entraînées à la maison. Nos parents vont venir me voir tout à l'heure, après le travail. Ils sont super-excités.

Je pose ma main sur son épaule et la regarde dans les yeux.

– Tu sais que tu as un talent dingue, n'est-ce pas ? Tu crois en toi ?

Elle se lèche les lèvres et se tient plus droite.

– *Sí. Mi mami* m'a dit que ce serait du gâchis de ne pas montrer mon talent au reste du monde. Elle pense que c'est mon occasion de briller, et j'ai vraiment envie de tous vous rendre fiers : ma mère, Vi, toi, Parker, Bo, Alejandro et le reste du label de musique. Je peux le faire, déclare-t-elle avec une confiance que je ne lui connaissais pas.

– Oui, tu peux, je réponds en souriant. Et souviens-toi que si tu perds le rythme ou que tu ne sais plus où tu dois être, arrête-toi, respire et reprends quand tu peux. Ce n'est pas une science exacte. À force, ce sera comme une seconde nature, mais pour l'instant tout est nouveau, donc ne te mets pas la pression et amuse-toi, d'accord ?

JJ sourit jusqu'aux oreilles, et sa queue-de-cheval se balance de gauche à droite tandis qu'elle hoche la tête. Elle est vêtue d'un jean skinny, de bottines en daim beige et d'un T-shirt XL qui tombe sur une épaule et qui est noué dans son dos, révélant un débardeur jaune fluo. Ce look lui va à merveille. Elle a l'air heureuse et semble avoir accepté ses courbes et son apparence.

Parker me tend la main pour m'aider à descendre de scène, je prends place à côté de Violeta.

– Je suis tellement nerveuse, dit-elle en serrant ma main. Wouhou ! crie-t-elle en souriant alors que sa sœur prend sa place au milieu d'un groupe de danseurs tous plus musclés les uns que les autres.

La musique commence, et JJ sourit en chantant les premières notes de « Your Love is like Candy ». Elle se trompe une ou deux fois dans ses placements et perd son souffle à quelques reprises, mais c'est sa meilleure performance jusqu'à présent.

Elle est superbe, et je sais déjà qu'elle va conquérir le monde de la musique.

La chanson prend fin et elle continue d'assurer en passant à la suivante. Parker me met un coup d'épaule et je lève la tête vers lui.

– C'est toi qui as fait ça, qui lui as donné le courage et l'assurance de se lancer.

Je prends sa main, il embrasse chacun de mes doigts.

– On a tous participé, je réponds, mais c'est Juliet qui a fait le plus dur.

♦ ♦ ♦

Nous sortons tout juste du théâtre lorsque mon téléphone vibre. Je regarde l'écran et vois que c'est Tracey. C'est la vingtième fois qu'elle m'appelle aujourd'hui et je ne sais pas si je peux continuer à l'ignorer, elle serait capable de débarquer à Madrid.

– Yo ! je dis en décrochant.

– À quoi tu pensais, bon sang ? hurle-t-elle, si fort que je dois éloigner le téléphone.

Parker me voit faire et il grimace.

– Bonjour, Tracey, comment vas-tu en cette belle soirée ? Bien, j'espère, je dis d'un ton doucereux pour lui faire comprendre que crier ne sert à rien.

Il y a cinq secondes de silence durant lesquelles je n'entends que sa respiration saccadée.

– Je suis désolée, Birdie. J'ai essayé de te joindre toute la journée. Je pensais qu'après ton petit spectacle d'hier soir, c'est toi qui m'aurais appelée pour me prévenir, moi ton agent qui gère ta communication, pour que je puisse m'occuper du scandale avant qu'il ne soit trop tard. Mais comme les choses ne se sont pas passées comme ça, nous avons été harcelés par la presse pour avoir une déclaration officielle.

– Il n'y en aura pas, je dis en enroulant une mèche sur mon index.

– Je te demande pardon ? On est obligés de dire quelque chose.

– Non, justement, je réponds sèchement. Parker et moi avons savouré un délicieux repas, avons vu un superbe spectacle, et on s'est laissés emporter. Je ne regrette rien. Cela dit, j'ai appelé le restaurant et j'ai parlé au propriétaire pour m'excuser.

– Tu as fait quoi ? hurle-t-elle.

– Tu m'as bien entendue. Il le fallait. Et j'ai découvert qu'il s'en fichait, au contraire. Le fait que j'aie été vue dans son restaurant l'a rendu célèbre et tout le monde se bat pour y aller. Ils sont complets tous les soirs pour six mois. Il m'a remerciée et m'a offert un repas gratuit la prochaine fois que je serai à Madrid. Tout est bien qui finit bien.

Parker vient vers moi et me prend par la taille.

– Tout va bien ? articule-t-il en silence.

– Tracey, je réponds en levant les yeux au ciel.

Sa mâchoire se contracte, mais il ne dit rien et me laisse pour parler à Bo. Violeta et Juliet nous attendent patiemment, car nous allons dîner tous ensemble pour fêter sa performance.

– Je n'arrive pas à croire qu'on t'ait surprise en train de faire ça. C'est tellement scandaleux, continue de râler Tracey. Voilà encore une cata que je vais devoir rattraper.

– Heureusement que je te paie bien, alors, Tracey. Écoute, je dois y aller. Je vais faire la fête avec la prochaine star mondiale de la pop, je dis pour que JJ m'entende.

Elle sourit jusqu'aux oreilles, elle est plus belle que jamais.

– Skyler, il faut que tu rentres. On doit gérer ce bazar et on doit parler. On s'est dit des choses et... Birdie, on ne se dispute jamais. On s'aime. On est sœurs. On forme une famille. Cette tension est malsaine...

Soudain, en l'écoutant, la colère que j'ai mise de côté depuis qu'elle m'a dit qu'elle était derrière l'addiction et les tromperies de Johan refait surface.

– Non. Je reviendrai quand cette mission sera finie, et pas avant. Je me fiche que tu sois triste qu'on se soit disputées. Tu m'as fait du mal, Trace ! Je ne t'ai rien fait, moi. Je ne sais toujours pas quoi penser de ce que tu as fait à Johan, et à moi par la même occasion. C'était complètement fou et carrément méchant. Tu as affaibli un homme qui était déjà fragile, et tout ça pour quoi ?

– Pour toi ! Je l'ai fait pour toi ! Tout ce que je dis, tout ce que je fais, je le fais pour que tu sois heureuse et forte. Pour que tu sois au sommet. Parce que je suis ta seule famille. Johan ne l'était pas. Parker non plus, et aucun homme qui s'immiscera entre nous ne sera ta famille.

– Bon sang Tracey, tu t'entends ? Pense à ce que tu dis. On a besoin de prendre de la distance, toi et moi. D'abord, sur un plan amical. Je verrai plus tard si je veux prendre des mesures sur le plan professionnel. Pour l'instant, fais ce pour quoi je te paie. Occupe-toi du problème. Dis aux médias qu'on n'a pas de commentaire. D'ailleurs... dis-leur que Parker et moi sommes amoureux et qu'on s'est laissés emporter après un verre de trop. Comme tu veux. Je m'en fiche ! Mais laisse-moi tranquille ! je gronde en raccrochant violemment.

Je lève la main pour jeter mon téléphone par terre, mais Parker saisit mon poignet et m'en empêche en prenant mon téléphone pour l'éteindre.

– On n'a plus le droit de casser les téléphones. Wendy nous tuerait. Elle a posé des GPS dessus, et ça coûte une petite fortune.

– Wendy a posé une puce sur mon téléphone ?

– Ma pêche, c'est Wendy, répond-il comme si c'était une évidence. Bien sûr qu'elle te traque. Est-ce que tu l'aimes ?

– Ben, oui. C'est une meilleure amie que ma meilleure amie, en ce moment, je dis en fronçant les sourcils.

– Alors, tout est dit. Tu l'aimes et elle t'aime. Elle t'a adoptée, donc elle te suit par GPS. Et crois-moi, ce n'est pas la seule chose qu'elle a mise en place pour savoir tout ce que tu fais.

– Euh... Est-ce que je devrais m'inquiéter ?

– Ça te fait flipper ?

– Peut-être un peu, oui.

– Tu sais qu'elle éclaterait de rire si elle entendait ta réponse ? Cela dit, elle t'ignorerait tout autant. Elle fonctionne comme ça. Si elle t'aime et que tu fais partie de la bande, alors elle sait tout ce que tu fais. J'ai appris à vivre avec et je fais de mon mieux pour lui jouer des tours.

– Ooooh, ça a l'air chouette, ça. Comment on fait ?

Parker m'appuie contre le mur en brique et se colle à moi pour me parler d'une voix rauque et sexy.

– On peut acheter des sex-toys et elle les verra apparaître sur nos relevés de carte bleue, mais au lieu de les garder, on peut les faire livrer chez elle.

– Oh, génial ! Mais je ne crois pas que les sex-toys la choqueraient. On devrait plutôt acheter des fringues et des jouets dans un magasin de puériculture, ça la rendrait dingue.

– Parfait. J'aime ta façon de réfléchir, murmure-t-il avant de m'embrasser.

J'oublie complètement ma dispute avec Tracey et je me concentre sur la bouche de mon homme, sur sa langue au goût de cannelle et sur la chaleur de son corps contre le mien.

– Tu me rends heureuse, je chuchote.

– Toi aussi, répond-il en effleurant mon nez.

Il prend ma main et m'emmène vers les autres qui nous attendent patiemment, y compris Bo. Sans doute m'a-t-il entendue me disputer avec Tracey et il a mis ses blagues de côté. Cela prouve qu'il est au courant de ce qui se passe autour de lui et qu'il sait se tenir quand c'est nécessaire.

Lorsque nous les rejoignons, il prend ma main et me met un petit coup de bassin tandis que nous marchons en direction du restaurant que Violeta a réservé.

– Ça va, Sky ? demande-t-il.

– Super, je réponds en souriant et en lui donnant à mon tour un coup de hanche.

Il hoche la tête et porte ma main à sa bouche pour l'embrasser.

– Tu sais que je suis là pour toi si jamais tu veux parler à quelqu'un d'autre que mon frangin ?

– Merci, Bo, j'apprécie. Et je le sais, ne t'en fais pas.

– Et si Parker a besoin de renfort, je suis prêt à cogner. Il te suffit de claquer des doigts. Tu as tes deux gardes du corps, mais ce n'est pas tout. Personne ne peut t'atteindre, ici ou ailleurs, dit-il. On est tous avec toi. La famille d'abord. Toujours.

La famille d'abord.

Toujours.

– Je t'aime, Bo, je réponds pour lui montrer combien j'apprécie ses paroles.

Il sourit jusqu'aux oreilles, puis il m'embrasse sur la tempe.

– Tu as entendu ça, frangin ? Ta nana m'aime.

– T'étais obligée de flatter son ego ? grogne Parker en s'interposant entre Bo et moi, ce qui fait éclater de rire son ami.

– Mais oui, éloigne-la, peu importe. Notre amour est fort, la distance ne peut rien contre ça.

J'éclate de rire en regardant Parker et Bo se bousculer et se faire trébucher jusqu'au restaurant. Je suis heureuse d'être avec mon homme, son frangin, mes deux anges gardiens et deux jeunes femmes dont la vie est sur le point de changer pour le meilleur.

Peu importe ce qui sera dit dans les journaux ni ce que dit Tracey de ma réputation. Je m'en fiche. Tout ce qui compte, c'est que... la vie est belle.

CHAPITRE 10
Parker

Je me réveille avec un léger mal de tête et la gorge si sèche que dix litres d'eau ne suffiront pas à me désaltérer. La journée d'hier a été très longue et nous avons célébré la réussite de Juliet avec toute l'équipe. Étant donné que l'âge légal pour boire en Espagne est de seize ans, Violeta et Juliet nous ont mis une sacrée raclée en matière de consommation d'alcool, tenant bien mieux que nous trois, ou nous quatre, si on compte la poulette que Bo a ramenée entre la cinquième et la sixième tournée.

Heureusement, nous nous sommes gavés de chorizo, de paella, de croquettes et d'une multitude de tapas, sinon j'aurais passé la nuit sur les toilettes. Si je peux supporter un mal de crâne, je fais moins le malin quand j'ai l'estomac en vrac.

Mon téléphone vibre à côté de ma tête et la main de Skyler frappe deux fois sur ma poitrine. Je l'entends ronfler légèrement, j'en déduis qu'elle s'est aussitôt rendormie. J'ignore mon téléphone, et il finit par arrêter de vibrer, mais seulement quelques secondes.

Skyler me frappe de nouveau sans se réveiller, et je me tourne vers elle pour l'embrasser sur la clavicule. Elle ne bouge pas d'un iota et je ris en la regardant. Son mascara a coulé et ses cheveux sont ébouriffés par nos parties de jambes en l'air plus qu'énergiques. Complètement saoul, je l'ai prise contre la porte, sur le dossier du canapé, par terre, puis dans notre lit. C'était maladroit, mais tellement bon que mon sang s'embrase en y repensant.

Ma nana est la plus canon des femmes, et je suis sur le point de repasser à l'attaque quand mon téléphone se remet à vibrer. Il s'arrête, et le téléphone de la chambre prend le relais.

Skyler respire bruyamment, roule sur le côté, empoigne mon oreiller pour le serrer contre elle, puis elle se rendort. Il faut dire que je ne l'ai pas beaucoup laissée dormir. Elle a besoin de repos. On a rendez-vous avec Alejandro cet après-midi, pour faire le point sur les progrès de Juliet.

Le téléphone de la chambre sonne de nouveau, en même temps que mon portable. Je regarde l'écran et vois que c'est Royce. Je le rappellerai plus tard, parce que la sonnerie du fixe est trop agaçante pour l'ignorer.

– Quoi ? je gronde d'une voix rauque en décrochant.

– Enfin ! Parker, c'est Wendy ! s'exclame-t-elle d'un ton exaspéré.

Je repère une bouteille d'eau de l'autre côté de la pièce, je prends le téléphone avec moi pour aller la chercher.

– Qu'est-ce qui se passe ? je demande en vidant la moitié de la bouteille.

– Tu as reçu mon mail ? demande-t-elle.

– Chipie, tu viens de me réveiller. Sky dort encore, on a fait la fête hier soir.

Wendy soupire à l'autre bout du fil, ce qui ne lui ressemble pas.

– Ça explique pourquoi ni Bo ni Skyler ne répondent. Je savais que vous étiez dans vos chambres, même si le téléphone de Skyler est éteint. Tu sais que je n'aime pas ça.

Je fronce les sourcils et m'assois dans le fauteuil le plus proche, le sol semble tanguer sous mes pieds.

– Wendy, tu divagues. Pourquoi tu m'appelles ?

– Ben, tu te rappelles quand je t'ai dit que quelque chose m'était familier dans les lettres d'un des fans ?

Ma tête me fait un mal de chien et j'appuie sur mes tempes pour faire cesser le marteau-piqueur.

Bon sang, où est l'Ibuprofène ?

– Vaguement, ouais. J'ai un peu la gueule de bois, pour être honnête.

– Eh bien, cette info devrait t'aider à te réveiller.

– Dis-moi tout.

– J'ai reconnu l'écriture, déclare-t-elle, comme si cela créait un suspense insoutenable.

Hélas, je suis trop fatigué pour suivre le cours de sa pensée.

– Mmm-hmmm, je marmonne en vidant le reste de la bouteille, me demandant où est le minibar.

Quand on est dans le penthouse, on devrait crouler sous les bouteilles d'eau, non ?

– Pourquoi c'est si important ? je demande en scrutant la pièce.

– Parce que j'ai déjà vu cette écriture. Allume ton ordinateur.

Je soupire, me gratte le ventre et réalise soudain que je suis à poil.

– Wendy, je te rappelle avec mon portable. Donne-moi une minute pour m'habiller.

– On se fout que tu sois à poil ! C'est important ! Attrape ton ordinateur, putain !

Wendy ne parle jamais sur ce ton, et je comprends soudain ce qui se passe : elle a peur. Sa voix révèle sa trouille, pas son exaspération.

– Ok, attends une seconde.

Je pose le téléphone sur le fauteuil et vais dans le salon où je repère le minibar. J'attrape deux bouteilles d'eau, sans quoi je serai incapable de formuler des phrases pour répondre à Wendy, puis je prends mon ordinateur et retourne dans la chambre.

Je pose le tout sur la table et cherche mon boxer, que j'enfile aussitôt, je ne peux pas parler à Wendy, ma sœur de cœur, en étant à poil.

– Je suis là, je dis en reprenant le téléphone tout en ouvrant mon ordinateur pour lire le mail de Wendy.

Je découvre la photo d'une des lettres envoyées par un fan de Skyler, accolée à une feuille tirée d'un bloc-notes.

– Qu'est-ce que c'est ?

Wendy pousse un grognement, de plus en plus agacée.

– Zoome sur les photos. J'ai souligné des mots identiques dans les deux pages.

– Ok, je le vois maintenant, je dis alors que mon cerveau essaie de se mettre en marche. Ce sont les mêmes. Merde ! je m'exclame en me frottant les yeux. D'où vient la deuxième feuille ?

– Lis ce qui est écrit, putain ! gronde-t-elle.

Wendy,

J'ai nettoyé la litière de Zeus et je me suis assurée qu'il avait assez à manger pour le week-end. Les femmes de ménage viennent ce soir, mais je les ai prévenues de ne pas laisser sortir le chat de nos bureaux. Je suis sûre que tout ira bien. Si tu veux que je passe samedi ou dimanche pour jeter un coup d'œil, appelle-moi. Je ne veux pas que Parker et Skyler s'inquiètent durant leur voyage. J'achèterai des croquettes et de la litière ce week-end, en plus des capsules de café et des Post-it. Je ferai une note de frais, si ça te va. Je te souhaite un bon week-end. Appelle-moi si tu as besoin de quoi que ce soit. Je suis là pour toi. Merci.

Ton assistante,

Annie

Je compare le message à la lettre que Wendy a jointe au mail.

Sky,

Tu me manques. J'ai l'impression que cela fait des années que tu ne m'as pas divertie à l'écran. J'ai lu que tu avais été blessée sur un tournage et que la production avait été repoussée. Tu aurais dû m'appeler. J'aurais été là pour toi à chaque seconde, pour te tenir la main, te faire rire et faire le nécessaire pour que tu ailles mieux. Au lieu de cela, je suis coincée avec la Diablesse, lui obéissant au doigt et à l'œil quand je ne suis pas en cours d'économie. Elle est horrible. J'aimerais être avec toi. Tu arrangerais tout. On prendrait soin l'une de l'autre. Penses-y. Je serai toujours là pour toi.

Ton vrai BF

– Putain, merde !

Mon cœur bat la chamade et mon front se couvre de sueur.

– C'est Annie... je dis sans vraiment le croire.

– Mick a un ami qui est expert en graphologie. Quand j'ai fait le lien, j'ai montré les lettres à Mick et il les a envoyées à son ami de la fac. Il a dit qu'elles étaient identiques à quatre-vingt-dix-neuf pour cent. Les deux messages proviennent de la même personne. Il a remarqué que la première lettre datait de plusieurs années, mais les ressemblances avec la deuxième sont indéniables. Il a aussi confirmé que ce n'était pas un faux. Il s'agit bien de la même personne. C'est Annie.

– Mon Dieu ! Pendant tout ce temps, on s'est demandé qui envoyait ces sms et ces lettres, et c'était Annie ? Bon sang, mais quel imbécile je suis !

– Park, ce n'est pas toi. Elle nous a tous bernés.

Je repense au jour où nous avons reçu le premier mot. Wendy était en arrêt maladie et Annie venait d'arriver pour la remplacer.

– Putain ! je gronde en refermant brusquement mon ordinateur avant de le jeter sur le fauteuil.

Skyler se réveille et se dresse sur ses coudes, révélant ses seins et ses superbes tétons.

C'est ma déesse, et je l'ai laissée tomber.

Je me passe la main dans les cheveux et les tire tandis que Wendy me dit qu'elle en a parlé avec Royce et Kendra, mais qu'ils veulent savoir ce que Bo, Skyler et moi voulons faire.

– Il faut qu'on lui parle, mais je veux le faire en personne quand je serai rentré.

– Chéri... dit Skyler d'une voix inquiète en me regardant faire les cent pas.

– T'en fais pas, bébé. Je t'explique tout dans une seconde.

– Vas-y, parle-lui, dit Wendy. J'ai envoyé les photos à Nate et Rachel et ils m'ont déjà appelée pour me dire qu'il valait mieux que ce soit moi qui t'annonce la nouvelle.

– Ouais, merci. Bon sang, j'en reviens pas. Elle était sous notre nez pendant tout ce temps.

– Parle à Skyler et rappelle-moi plus tard. D'ici votre retour, on ne dira rien pour qu'elle ne sache pas qu'on est au courant. On fera comme si de rien n'était.

– Comme si de rien n'était, je répète en secouant la tête. Alors que c'est tout, sauf rien. Bon, à plus tard, je dis avant de raccrocher.

– Qu'est-ce qui se passe ? demande Skyler en ramenant la couette sur ses épaules comme pour se protéger.

Je respire à fond plusieurs fois, obligeant les battements de mon cœur à se calmer et ma colère à s'apaiser pour annoncer la mauvaise nouvelle à ma femme.

– On sait qui t'envoie ses lettres depuis toutes ces années.

– Qui ? demande-t-elle en haussant les sourcils.

– Annie.

Elle cligne plusieurs fois des yeux.

– Annie Pinkerton ? demande-t-elle d'une voix aiguë. Ta petite assistante toute fragile, Annie ?

– Ouais. Elle était sous nos yeux depuis tout ce temps.

– Comment Wendy l'a découvert ?

Il n'y a pas la moindre trace de colère dans sa voix, ce qui me surprend, parce que moi j'ai envie de casser tous les meubles de la pièce.

– Elle a fait analyser les écritures. Mick a un ami qui est expert, et Wendy lui a envoyé une des lettres avec un message qu'Annie lui a écrit au travail. C'est sûr à quatre-vingt-dix-neuf pour cent.

Skyler trifouille le drap.

– Euh, ben, je ne peux pas dire que je sois surprise qu'elle ait envoyé ces lettres. J'avais remarqué qu'elle était fascinée par moi. Elle porte souvent les mêmes vêtements que ceux que j'ai mis dans des interviews ou avec lesquels on m'a photographiée. C'est devenu flagrant quand elle acheté les mêmes chaussures que moi et quand elle a adopté un golden retriever.

Les paroles me font l'effet d'un seau d'eau glacée et je serre les poings pour contrôler ma colère.

– Putain, Sky ! Pourquoi tu n'as rien dit !

– Quoi, en dehors du fait que c'était évident ? répond-elle en clignant calmement des yeux.

– Bébé...

Elle ferme la bouche et regarde par la fenêtre.

– C'est plutôt mignon. Et pour être honnête, elle s'est calmée après que j'ai déjeuné avec elle et qu'on a parlé de fringues et de films. C'est ma nouvelle amie, chéri, dit Skyler avant de se mordre la lèvre. Les lettres... je n'ai pas de mal à le croire. Mais les sms... je ne pense pas, chéri.

– Tu ne vois que ce qu'elle veut que tu voies. On s'est tous fait duper, chérie. Cette femme n'est pas bien dans sa tête. À l'évidence, elle est plus maligne qu'on ne le pensait, parce que ça fait des années qu'elle joue à ce jeu. Tu crois que c'est un hasard si elle a trouvé un boulot dans la boîte de ton mec ? Ça ne peut pas être une coïncidence. Je ne sais pas comment elle a fait, mais si tu crois que Wendy n'est pas déjà en train de fouiner dans ses comptes en banque et dans son passé, tu te trompes.

Sky continue de se mordre la lèvre, mais elle ne semble pas énervée alors que je suis sur le point d'exploser.

– C'est bizarre. Je ne la crois pas capable de nous tourmenter. Les sms sont carrément flippants.

– Ce qui est flippant, c'est de s'habiller comme toi, de prendre le même chien que toi, de travailler pour ton mec, de t'écrire pendant une dizaine d'années... Ça, c'est flippant ! je hurle.

Skyler saisit mon poignet et caresse mon bras pour essayer de me détendre.

– Je suppose que pour moi, l'imitation est une forme de flatterie. Tu n'es pas d'accord ? Elle n'a jamais cherché à te séduire ni fait ou dit quoi que ce soit qui justifierait ta colère...

En parlant de colère, la mienne explose pour de bon.

– Tu te fous de moi ? Elle nous envoie des sms menaçants ! Des messages au bureau qu'elle fait semblant de découvrir. C'est complètement tordu, Skyler. Comment peux-tu ne pas le voir ?

Elle fronce les sourcils et hausse les épaules en tirant sur un fil de la couette.

– À l'évidence, on ne réfléchit pas de la même manière. Il faut qu'on se prépare pour aller voir Alejandro. Je veux en finir avec cette mission et rentrer chez nous pour affronter cette traîtresse.

– D'accord, chéri. Comme tu voudras.

Comme je veux ?

Ce que je veux, c'est que ma femme se rende compte de la gravité de la situation et qu'elle soit aussi en colère que moi.

Pourquoi ne l'est-elle pas ?

J'ai un travail à faire et je m'oblige à mettre tout ça de côté pour voir Alejandro et les autres pontes du label. Peut-être qu'on aura de la chance, qu'on finira plus tôt et qu'on pourra prendre le prochain vol pour Boston. Mieux encore, Skyler pourrait appeler sa compagnie de jet privé, histoire qu'on rentre encore plus vite. Finalement, l'argent a ses avantages.

◆ ◆ ◆

– *Hermosa*, tu es superbe, Juliet, dit Alejandro en embrassant Juliet sur les deux joues.

Il la reluque de la tête aux pieds, notant son blouson aviateur et le décolleté de son débardeur, son jean slim et ses escarpins bleu électrique. Bo a vraiment réussi sa coiffure, coupant ses longs cheveux en dégradé pour que ses grosses boucles tombent dans son dos. Ils sont relevés sur le côté, mettant en valeur son visage et le croissant de lune que dessinent les bijoux de peau sur sa cicatrice. Ils lui ont fait mettre du rouge à lèvres rouge, du maquillage smoky et une tonne de bracelets argentés, en plus de bagues et de colliers assortis.

Alejandro nous regarde en souriant et hoche la tête pour nous signifier son approbation.

– Tu es prête à nous montrer un extrait du spectacle ? demande-t-il.

– Absolument, répond-elle en le regardant droit dans les yeux. Pete, tu peux préparer les danseurs ? Je suis prête.

– Sans problème, Mademoiselle Juliet, acquiesce-t-il en lui faisant une révérence théâtrale.

Bo grogne en voyant son geste et Skyler glousse. Je suis encore furax d'avoir découvert qu'Annie est celle qui nous harcèle, et je peine à me retenir de prendre Skyler par-dessus mon épaule et de la mettre dans un jet pour Boston. Je veux que cette situation soit réglée dès que possible.

L'équipe d'*IG* s'installe au second rang, laissant les membres du label au premier. Juliet est dos à la salle, prenant une pose qui met en valeur toutes ses courbes. Elle a vraiment un corps de rêve dont les médias du monde entier vont chanter les louanges.

La musique commence, et Juliet se déhanche. Elle lève un bras, et compte « *Tres, dos, uno...* » sur ses doigts, puis elle se tourne face à la salle et chante une note que je n'ai entendue que dans la bouche de divas comme Whitney Houston, Mariah Carey ou Christina Aguilera.

Je suis bouche bée tandis que je la regarde se mouvoir sur scène. Elle ne se trompe pas et ne doit pas s'arrêter pour reprendre son souffle. C'est juste une fille qui connaît sa chorégraphie, qui est bien dans sa peau et qui utilise le don que le Ciel lui a donné.

Je me penche pour regarder Alejandro et je découvre que tous les membres du label ont les yeux rivés sur elle et un air émerveillé sur le visage.

Les danseurs tournent autour de Juliet et, à un moment donné, ils viennent vers elle dans un geste provocateur.

Elle lève une jambe et fait mine d'en dégager un à coups de pied puis d'en repousser un autre. Ils tombent un par un, mortellement blessés par son refus, et elle continue de chanter que si leur amour est délicieux, il est mauvais pour elle.

Je regarde Skyler, qui observe Juliet comme si c'était sa petite sœur, les mains jointes sur sa poitrine, un sourire sur les lèvres.

Ma poitrine se contracte, à regarder la joie sur le visage de ma nana. Elle mérite d'être heureuse. Elle a besoin de ce genre de moment dans sa vie. Les doutes de Tracey à propos de notre relation, la mort de ses parents, la trahison de Johan et maintenant Annie...

Je secoue la tête en me disant que Skyler mérite mieux.

Elle mérite l'univers, et je veux être celui qui le lui donne. Cette situation avec Annie sera bientôt résolue. On va lui parler et lui imposer une ordonnance de non-communication. Je prendrai un plaisir fou à la virer et tout reviendra en ordre. Si elle tente la moindre approche de Skyler, on la traînera au tribunal pour harcèlement.

Les problèmes de Skyler sont finis. Elle va pouvoir souffler et profiter de chaque moment de bonheur, je vais m'en assurer.

En regardant JJ mener son spectacle, je me détends un peu. Je sais comment rendre Skyler heureuse, et à l'évidence, notre mission à Madrid est terminée. Si Alejandro n'aime pas les progrès que nous avons faits, qu'il aille se faire voir.

Juliet est déjà une star et il est clair que tout le monde le voit, y compris Alejandro.

La mission est finie.

Je prends la main de Skyler et la porte à ma bouche pour embrasser chacun de ses doigts. Elle se tourne vers moi, le regard brillant de joie. C'est alors qu'elle me sourit, et mon cœur fond.

Il est temps de rentrer à la maison.

CHAPITRE 11
Skyler

Dire au revoir à JJ et Violeta n'a pas été facile, mais nous avons échangé nos numéros, elles ont promis de me contacter quand elles seront aux États-Unis et de me tenir au courant de ce qui se passe dans leur vie. J'ai mis en garde JJ contre les inconvénients d'être une célébrité et lui ai conseillé de ne pas céder à la pression. Je lui ai répété plusieurs fois qu'elle pouvait m'appeler ou m'écrire à tout moment. Elles m'ont juré qu'elles seraient malignes et qu'elles se soutiendraient autant que possible, mais je les ai quand même prévenues que je prendrais de leurs nouvelles… régulièrement.

À présent, je suis épuisée. J'ai enduré un long vol avec un homme qui était si nerveux que je n'ai pas supporté d'être assise à ses côtés. Au lieu d'en parler avec moi comme je m'y attendais, il a décidé de mettre au point une stratégie avec Nate pour confondre Annie.

Confondre Annie.

Je trouve ça absurde. Je ne suis toujours pas convaincue qu'elle ait fait quoi que ce soit de mal. Elle m'a écrit des lettres pendant des années, et alors ? Aucune n'était menaçante, au contraire, elles étaient plutôt mignonnes. Je n'arrive pas à croire qu'Annie soit la personne qui nous a envoyé tous ces messages, à moins qu'elle ne soit schizophrène.

Je suppose que c'est possible. C'est peu probable, mais c'est possible.

Parker saisit ma main dès que nous touchons la piste d'atterrissage et il m'emmène à l'arrière du 4x4 de Nate, qui est techniquement à moi.

– Arrête de tirer, je dis en arrachant ma main de la sienne.

Ses épaules s'affaissent et il fait le tour du véhicule pour monter de l'autre côté. Une fois dedans, il s'assoit près de moi et me regarde.

– Ah, tu vas enfin me parler ? Moi, Skyler, ta copine ? Celle que tu viens d'ignorer pendant huit heures de vol ? je dis d'une voix surprise en clignant plusieurs fois des yeux.

Son visage se transforme, il semble sincèrement désolé.

– Pardon, bébé, dit-il en prenant mes mains dans les siennes. Je suis triste. Et en colère. Toute cette situation est très stressante.

– Oui, en effet. Mais tu ne peux pas décider de m'ignorer pour rendre la chose plus facile pour toi. On fait tout ensemble, tu te souviens ? C'est toi et moi contre le reste du monde.

Parker ferme les yeux et appuie son front contre le mien.

– Tu as raison. Je suis désolé. Est-ce que tu peux me pardonner de m'être comporté comme un homme de Cro-Magnon boudeur et irascible ?

Je souris et l'embrasse sur le bout du nez.

– Toujours. Mais arrête de m'ignorer. Je peux tout supporter, sauf ça. Si tu es en colère, dis-le-moi et dis-moi que tu as besoin d'espace. Je sais que les hommes ne gèrent pas les problèmes comme les femmes. Nous, on aime en parler avec notre meilleure amie autour d'une bouteille de vin ou d'un pot de glace. Parfois les deux en même temps. Cela dit, en fin de compte, on a toujours besoin de nos hommes à nos côtés.

– J'ai besoin de toi, moi aussi. C'est pour ça que je suis aussi furax. J'ai plus besoin de toi que je n'aime l'admettre. Je t'ai dans la peau, bébé, tu fais partie de moi. Je dois faire tout mon possible pour te protéger et protéger notre amour.

Je suis sur le point de répondre lorsque Nate ouvre ma portière et pose Midnight sur mes genoux, qui part aussitôt voir son père, puis Sunny qui me lèche le cou et se blottit contre moi. Parker et moi nous sourions en caressant nos bébés.

Mon téléphone vibre alors dans la poche arrière de mon jean et je gigote alors que celui de Parker sonne à son tour. Nous extirpons nos portables en même temps, et nos sourires disparaissent aussitôt.

De : Inconnu

Leçon n°1 : JE VOUS AVAIS PRÉVENUS

Le sms est accompagné d'une photo, et quand je clique dessus, je pousse un cri en me couvrant la bouche de ma main. À mes côtés, Parker se fige et reste silencieux. La photo montre mon lit, au penthouse, en train de partir en fumée.

– Mon Dieu, chéri, je dis en saisissant la main de Parker.

Il serre la mienne, mais ne quitte pas des yeux son téléphone.

Un autre message arrive, j'ose à peine l'ouvrir.

De : Inconnu
Leçon n°2 : VOUS NE POUVEZ PAS ME FUIR

– Putain ! s'exclame Parker.

Il clique sur son téléphone et le plaque sur son oreille sans lâcher ma main.

– Wendy, où est Annie ? hurle-t-il.

J'écoute Parker en claquant des dents tandis que mon sang se glace.

– Quoi ? C'est impossible. On vient de recevoir deux sms. Elle a son téléphone sur elle ? aboie-t-il. On vient de recevoir deux menaces, en plus d'une photo du lit de Skyler... en feu, explique-t-il alors que j'entends l'alarme incendie retentir dans son téléphone. Sortez de là tout de suite, mais ne quitte pas Annie des yeux. Je veux qu'elle soit avec Royce et toi à chaque instant ! Menotte-la s'il le faut. Et ne me dis pas que tu n'en as pas sur toi, parce que je saurai que tu mens, ajoute-t-il en marquant une pause. C'est bien ce que je pensais. On vous retrouve au pied de l'immeuble. Maintenant, sortez !

– Park ? gronde Nate depuis le siège avant.

Je lui tends mon téléphone alors que Parker passe un autre coup de fil.

– Roy ? Tu as Kendra, Zeus ? Ok, Wendy a les deux ? Oui, sortez de là, mais ne quitte pas Annie des yeux. Appelle Mick. Il sera fou d'apprendre qu'il y a le feu dans l'immeuble de Wendy, et je n'ai pas envie qu'il me hurle dessus.

Nate pousse un grognement en lisant les sms. Il donne le téléphone à Rachel, puis il sort de la voiture en claquant la porte pour rejoindre celle de Bo qui nous attend pour partir. Je me tourne et le regarde lui annoncer la mauvaise nouvelle.

Mon Dieu, j'espère qu'ils auront réussi à évacuer tout l'immeuble et que les pompiers pourront éteindre le foyer avant que les flammes n'atteignent d'autres étages.

Ma main tremble dans celle de Parker, il lâche son téléphone pour prendre mon visage dans ses mains.

– Il ne va rien t'arriver. Tu m'entends ?

Je hoche la tête, mes tremblements se transforment en spasmes.

– Et l... les autres loc... a... taires de l'im... meuble ? je bégaie en claquant des dents.

– Bébé, tout ira bien. Les pompiers étaient déjà là quand Wendy et les autres sortaient. On y va tout de suite. On va parler aux flics et à Annie.

– M... mais, comment elle a p... pu allu... mer un feu en étant au b... bureau ?

Il secoue la tête et m'attire contre lui tandis que Nate remonte en voiture et démarre.

– Je ne sais pas. Apparemment, ce n'est pas elle.

– Et les sms ? je demande en respirant le parfum de Parker.

Son odeur et ses caresses m'aident à me calmer, et mon rythme cardiaque ralentit peu à peu.

Nous arrivons vite au pied de l'immeuble où nous sommes arrêtés par un barrage de flics. Nate donne nos noms et ils nous laissent passer. Nous nous garons de l'autre côté de la rue, loin de l'entrée. J'aperçois Royce près de Kendra, Wendy et Annie, qui semble terrorisée. Elle tient Zeus dans ses bras et le caresse méthodiquement en regardant le haut de l'immeuble, d'où sort une épaisse fumée noire.

Nous avançons vers nos amis, et le visage d'Annie s'illumine.

– Oh, Dieu merci vous allez bien ! J'étais inquiète parce que je ne savais pas quand vous rentriez. Skyler, Parker, je suis désolée pour votre maison, dit-elle alors que quelques larmes coulent sur ses joues. J'ai sauvé Zeus. Dites-moi que vos chiots n'étaient pas chez toi ? sanglote-t-elle.

– Euh, non, ils sont dans la voiture, endormis, je réponds en secouant la tête.

– Ouf, encore un miracle.

Elle lève de nouveau la tête et s'essuie les yeux tout en continuant de caresser Zeus, qui semble apprécier son attention.

– Où est ton téléphone, Annie ? demande Parker d'un ton malicieux.

Elle regarde Parker et cligne plusieurs fois des yeux.

– Euh, je ne l'ai pas, il ne marche plus. Il faut que j'en achète un autre.

– Ça tombe bien ça. Tout à coup, il est cassé ! ricane-t-il.

– Je... euh... je l'ai cassé il y a deux jours. Je l'ai fait tomber dans la fontaine quand je mangeais. J'aime m'asseoir là-bas, au soleil.

Nate avance derrière Parker et chuchote dans son oreille.

– C'est vrai qu'elle déjeune là tous les jours.

– Et j'ai appelé mon opérateur, mais ils disent que je n'ai pas droit à un téléphone à prix réduit, donc je dois attendre ma prochaine paye pour en acheter un autre. Mais ne t'en fais pas, ça n'affectera pas mon travail. Pas du tout.

– Est-ce que tu as un téléphone prépayé ?

– Un quoi ? Euh, non, je ne crois pas. J'ai un abonnement mensuel, comme tout le monde, je crois, répond-elle avec une telle innocence que je mets un coup d'épaule à Parker pour l'arrêter.

Il se trompe, ce n'est pas Annie.

– Chéri...

– Annie, est-ce que tu as un téléphone, oui ou non ? crache Parker.

– Non, mais comme je te l'ai dit, ça ne m'empêchera pas de faire mon travail...

– Park, intervient Wendy, elle n'avait pas de téléphone sur elle quand vous avez reçu ces messages, parce qu'elle était assise devant moi pour passer en revue l'agenda. Si je suis assez douée pour programmer l'envoi d'un message depuis une antenne relais différente, Annie n'a pas ce genre de connaissance. Ça fait deux jours que j'enquête sur elle, depuis que j'ai compris son lien avec Skyler, et c'est impossible. Je mettrais ma main à couper, insiste-t-elle.

Or, c'est comme si Parker ne l'avait pas entendue, obnubilé par sa colère.

– Quoi ? dit Annie en écarquillant les yeux. Comment ça, tu enquêtes sur moi ?

– Ça fait plus dix ans que tu envoies des lettres à Skyler, crache Parker d'un ton frustré et arrogant.

Annie serre Zeus contre elle et enfouit son menton dans ses poils roux.

– Ben ouais, parce que c'est ma meilleure amie, dit-elle d'une voix douce et adorable.

– Non, c'est toi la tarée qui la harcèle, déclare Parker.

– Q... quoi ? s'exclame Annie en secouant la tête. Non ! On est correspondantes, ça fait des années. J'ai une carte et une photo dédicacée. J'en ai plusieurs, même. Elles sont toutes encadrées dans ma maison. On est amies depuis longtemps. J'ai simplement pensé que Skyler ne me reconnaissait pas parce qu'on a toujours échangé à l'écrit, et comme elle rencontre beaucoup de gens, je comprends que ce ne soit pas facile de s'y retrouver.

– Je t'ai envoyé une carte avec une photo dédicacée ? je demande.

Je ferme les yeux et je repense aux centaines de photos que ma mère me faisait dédicacer quand j'étais ado. Elle me faisait aussi signer de petites cartes multicolores qu'elle écrivait de ma part.

– Oui, bien sûr ! répond-elle en souriant. La première était rose, ça devait être il y a onze ans, et tu disais...

– ... Mes fans sont mes amis, je dis en même temps qu'elle.

Mince, j'avais oublié tout ça, puisque ça a cessé quand Tracey a pris le relais et qu'elle a embauché une équipe de communication.

Je tends la main et saisis le bras de Parker.

– Chéri, je faisais ça avec ma mère. Elle me faisait signer des portraits de moi et elle les envoyait à mes fans quand on avait un peu de temps. J'ai dû envoyer cinq couleurs de cartes au fil des années.

Annie hoche vivement la tête.

– Je les ai toutes ! Je trouvais un peu bizarre que tu écrives toujours la même chose, mais je me suis dit que c'était notre truc. Tu veux dire que tu envoyais ça à d'autres ? demande-t-elle d'un air profondément blessé.

Mon Dieu, elle pensait vraiment qu'on était amies...

– Euh, oui. Je suis désolée, Annie, je dis d'une voix douce.

– Alors, on n'est pas amies ? demande-t-elle d'une voix tremblante.

– Si... je réponds alors que Parker aboie : « Bien sûr que non ! »

Annie déglutit plusieurs fois et de nouvelles larmes coulent sur ses joues.

– Mais je croyais... Tu étais toujours là quand ça n'allait pas. Quand elle me faisait mal, tu m'envoyais ces jolies cartes, alors que je n'avais personne d'autre. Je n'avais rien de positif en dehors de ça. Non ! Mon Dieu, tout ça n'était qu'un mensonge ! Elle avait raison. Elle me disait toujours que tu ne serais jamais mon amie. Mais... mais je croyais... Et tes cartes... Je... je dois y aller.

– Je ne crois pas, non, Annie. Tu peux faire l'innocente autant que tu veux, ça ne change pas le fait que tu nous envoies des menaces par sms... poursuit Parker.

Annie est effondrée.

– Parker, non ! gronde Wendy. Ces messages ne viennent pas d'Annie. J'ai vérifié, la plupart ont été envoyés quand elle était au bureau, et les signaux des sms ne sont pas passés par les antennes les plus proches de nous. Annie n'a pas envoyé ces messages.

– Tu sais aussi bien que moi qu'elle aurait pu trouver un moyen, répond Parker.

– Parker, dit Wendy en empoignant ses bras et en le regardant droit dans les yeux. Annie va de chez elle au bureau en bus, puis de nouveau en bus jusqu'à la maison de repos où réside son seul parent vivant, sa belle-mère mourante, puis elle rentre chez elle. Elle fait ça tous les jours. D'après mes recherches, sa belle-mère est sa seule famille depuis plus de quinze ans. C'est à elle que les services sociaux ont rendu visite plusieurs fois après les passages d'Annie à l'hôpital pour faire soigner des blessures étranges. La pauvre fille a plus d'os cassés qu'un joueur de hockey sur glace. Ce n'est pas surprenant qu'elle se soit inventé une amitié avec Skyler. C'est sans doute le seul moyen qu'elle avait d'échapper à son enfance misérable. Ça l'a aidée à ne pas perdre espoir.

Mon estomac se noue et ma poitrine se resserre. Je tends la main vers Annie, mais elle bondit en arrière en secouant la tête et en serrant Zeus contre elle.

– Tu enquêtes sur moi ! Sur mon passé ! chuchote-t-elle en me regardant, apeurée, profondément attristée. Tu n'es pas mon amie ! Tu me prends juste pour une tarée ! Mon Dieu !

Elle fond en larmes et lâche Zeus, qui avance aussitôt vers Parker et tourne autour de ses pieds. Parker attrape le chat au moment où Bo nous rejoint.

– Je suppose que vous vous êtes déjà expliqués avec la folle ? demande-t-il.

Bon sang, c'est ce qu'on appelle mettre les pieds dans le plat. Annie éclate en sanglots et Wendy l'emmène sur un banc où elle l'assoit et lui caresse le dos pour la réconforter, aidée par Kendra.

– Je veux rentrer chez moi. Je ne veux pas être ici. Je veux rentrer. Je... je...

Elle ne termine pas sa phrase, cachant son visage dans ses mains pour pleurer de plus belle.

Je me dis que la situation ne pourrait pas être pire quand le téléphone de Parker vibre contre moi. Il me passe Zeus et soupire en sortant son téléphone. Je regarde par-dessus son épaule et mon cœur cesse de battre.

De : Inconnu
T'AS COMPRIS LA LEÇON ?

Un autre message apparaît tandis que nous sommes encore en train de lire le premier.

De : Inconnu
TU NE PEUX PAS LA PROTÉGER

Je caresse le dos de Parker de haut en bas.

– Chéri, qui que ce soit, ils veulent juste nous tourmenter.

– Ah, tu crois ? répond-il d'un ton sarcastique.

– Park, les flics veulent parler à Skyler, dit Nate. Il est temps qu'on leur explique tout. Cette dernière attaque était préméditée et beaucoup de gens auraient pu être blessés.

Il parle à voix basse, et je réalise soudain que les paparazzis ont débarqué et nous prennent en photo alors que les pompiers et les flics sécurisent l'immeuble.

– Sky, Sky, qu'est-ce qui s'est passé ? C'est ton penthouse, non ? crie l'un d'entre eux.

– C'était un accident ? demande un autre.

– Quelqu'un essaie de te faire du mal, Skyler ? Parker ! dit une voix de femme.

– Parker, est-ce qu'elle est en danger ? demande un des mecs, mais Parker les ignore.

Nate prend le téléphone que Parker lui tend.

– Encore ? gronde-t-il.

– Cette fois, ils nous ont donné un ultimatum avec une menace très claire, répond Parker en me prenant par l'épaule.

Je tiens Zeus contre moi et nous marchons vers les policiers, qui attendent notre déclaration. Je regarde par-dessus mon épaule et vois Wendy et Kendra réconforter Annie.

Les cartes que je lui ai envoyées n'étaient qu'un malentendu, mais je sais qu'Annie ne l'oubliera pas, peut-être même ne s'en remettra-t-elle jamais.

Je me fais alors la promesse solennelle d'arranger la situation. Annie ne m'a jamais fait de mal. Elle est fragile, douce et innocente. Elle n'aurait pas dû être mêlée à cette histoire et c'est elle qui paie les pots cassés. Ma mère me disait toujours de demander pardon si je blessais quelqu'un, et mon comportement ainsi que celui de Parker envers Annie sont inacceptables.

Je pousse un long soupir et reste près de mon homme tandis que nous saluons les policiers.

Toute cette histoire semble tout droit sortie d'une des fictions dans lesquelles j'ai joué.

Quand est-ce que ce sera fini ?

Est-ce que cette personne en aura assez, un jour ?

À quoi doit-on s'attendre, maintenant ?

CHAPITRE 12
Parker

C'est la plus longue journée de toute ma vie.

Je prends Skyler par les épaules lorsqu'elle descend du 4x4 garé au pied de ma résidence. Étant donné que son appartement a pris feu, les paparazzis ont deviné que nous serions ici. Rachel va les voir et leur parle quelques instants. Étonnamment, ils semblent sincèrement désolés et ils rangent tous leurs appareils photos.

Je ne les regarde pas plus longtemps, concentré sur ma mission : nourrir ma nana et mes chiots et les mettre au lit. Peut-être pour une semaine entière.

Les policiers et les enquêteurs disent qu'ils vont passer plusieurs jours dans l'appartement de Skyler pour relever des empreintes et chercher des indices, et ce n'est qu'après ça que nous aurons le droit d'y retourner pour voir ce qui peut être sauvé. Skyler s'inquiète surtout d'avoir perdu les souvenirs et les photos de ses parents, dont certains étaient dans sa chambre. La bonne nouvelle, c'est qu'elle a encore des affaires à New York, dans l'appartement qu'elle n'a pas vendu, donc tout n'est pas perdu.

Cela me fait penser que je dois lui demander ce qu'elle a prévu d'en faire, mais ce n'est pas le bon moment.

Lorsque nous sommes au cœur de la résidence et que nous sommes hors de la vue des paparazzis, j'essaie de prendre la main de Skyler. Elle trébuche, mais je réagis vite et la rattrape. Elle s'arrête brusquement et je découvre qu'elle tremble de colère.

– J'en ai assez de tout ça ! hurle-t-elle en agitant les bras.

Je saisis ses épaules et me penche pour la regarder dans les yeux.

– Moi aussi. Les flics ont beaucoup de choses à étudier, avec les sms et les messages. Quand on est partis, ils allaient chez Benny, ils le trouveront et ils l'interrogeront. Il ne nous reste plus qu'à espérer qu'il admettra qu'il est derrière tout ça.

– Et en attendant, on a détruit Annie, une femme adorable qui n'a jamais fait de mal à personne. Son seul tort a été de penser qu'on était amies, et sans le savoir, j'ai aggravé la chose en répondant à ses lettres et en l'invitant à déjeuner. Mais le pire, c'est que je commençais vraiment à la voir comme une amie. Certes, elle est bizarre et mal à l'aise en société, mais ça fait des années qu'elle s'occupe de la femme qui l'a battue toute son enfance, c'est surprenant, non ?

Je caresse ses bras et prends son visage dans mes mains.

– On va arranger ça. J'ai merdé. Bien plus que toi. Je ne voyais que ce que je voulais voir et je... j'ai refusé de voir que ce n'était pas logique. C'est de ma faute.

Skyler secoue la tête, entoure ma taille avec ses bras et appuie sa joue sur mon torse.

– Ce n'est pas de ta faute. Tu ne peux pas te sentir coupable des problèmes du monde entier. Il y a quelqu'un de sérieusement tordu derrière toute cette histoire. Et je... je veux juste que ce soit fini, chéri. Je veux faire mon film avec Geneva et rentrer tous les soirs dans ma superbe maison où mon homme me rejoindra pour jouer au Frisbee avec nos chiens. On mérite bien ça, non ? On travaille dur. Bon sang, j'ai juste envie d'être normale, pour une fois !

Elle fait un pas en arrière et passe sa main dans ses cheveux.

– Un jour, tout ça sera derrière nous et ton rêve deviendra réalité. Je te le promets.

Je ferai tout pour exaucer son vœu.

Nate nous rejoint avec les chiens et donne les laisses à Skyler. Elle s'agenouille et les caresse en leur disant des mots doux, puis elle les emmène sur le carré de pelouse.

– Je vais entrer d'abord pour m'assurer que tout est en ordre, dit Nate en se dirigeant vers la porte de mon appartement.

– Merci, mec.

– C'est mon boulot, répond-il.

Rachel avance vers nous et je lui demande de nous accorder une minute pour parler. Elle hoche la tête et part en direction de son mari, scannant les environs. Néanmoins, il n'y a pas à s'inquiéter ici. La résidence est parfaitement sécurisée et il n'y a nulle part où se cacher.

– Ça va aller, je dis à Skyler en prenant sa main pour l'accompagner chez moi.

Nos doigts s'entrelacent et nous avançons lentement, suivis par les chiens qui reniflent tout ce qu'ils trouvent. Nous sommes à dix mètres de ma porte lorsque j'entends Nate crier et venir vers nous en courant à toute vitesse.

– Courez ! hurle-t-il.

Sa femme se tourne vers nous et plonge pour plaquer Skyler à terre. Tout va trop vite et je regarde, horrifié, le corps de Nate être catapulté en l'air alors qu'une explosion perce mes tympans. Une vague de chaleur déferle sur moi et je suis projeté en arrière. J'ai tout juste le temps de remarquer une odeur de poils grillés quand ma tête heurte le sol en béton.

♦ ♦ ♦

Je cligne plusieurs fois des yeux, j'entends une alarme ainsi qu'une femme qui crie. Ah, ce n'est pas une femme, ce sont mes oreilles qui sifflent. C'est alors que je vois un ange. Mon ange. Skyler caresse mon visage, je vois ses lèvres bouger, mais je n'entends rien.

J'essaie de me lever, mais j'ai l'impression d'avoir été percuté par une voiture. Je grince des dents tandis que Skyler m'aide à me redresser. Je me tourne et vois un trou énorme dans le mur de mon appartement, dégueulant des flammes et de la fumée épaisse.

Des voisins que je reconnais à peine arrivent au compte-gouttes, mais c'est le corps immobile à quelques pas de moi qui me pousse à me lever. Skyler m'inspecte de la tête aux pieds et maintenant que je la regarde, je suis soulagé de voir qu'elle n'a rien.

Nate ne bouge pas. Rachel est à ses côtés, lui faisant un massage cardiaque.

Mon Dieu, non.

Putain, non.

C'est impossible.

Je rugis, mais je n'entends pas ma voix. Je n'entends rien en dehors du tintement aigu dans mes oreilles. Je sens un liquide aqueux couler sur ma joue. Skyler essaie de l'éponger avec son pull, mais je l'en empêche pour aller voir Nate. Elle me suit en parlant, mais je n'entends pas.

Rachel continue les compressions et je me positionne au niveau de la tête de Nate. Je penche sa tête en arrière et la tiens en place pour aider Rachel. Elle continue les massages cardiaques sur son mari, et quand je regarde son torse, je me dis qu'il semble bizarre. Il est affaissé sur un côté, je crains que ce ne soit son poumon. Je plaque deux doigts sur sa gorge et j'y trouve un pouls fragile. Il est faible, très faible, mais il est en vie.

– Il est en vie. Je sens son pouls, je dis sans entendre ma voix. Continue ce que tu fais. Je crois qu'il a un poumon affaissé.

Soudain, une douleur lancinante s'empare de mon crâne et réfléchir devient difficile. Je cligne plusieurs fois des yeux, essayant de me débarrasser de la fatigue accablante qui menace de m'emporter.

Du sang coule sur le béton, formant une flaque qui s'étend rapidement.

– Il saigne quelque part ! je crie sans savoir si elles m'entendent.

Rachel étudie le corps de son mari. Elle a dû le retourner, parce que je vois des morceaux de débris collés à son front et sur le bout de son nez.

La flaque est si grande que mon pantalon s'imbibe de sang. Je retourne Nate sur le côté pour trouver l'hémorragie, découvrant une sorte de barre en métal qui s'est plantée dans son dos. Je saisis le pull de Skyler et l'enroule autour pour ralentir l'hémorragie.

Rachel tend la main pour saisir la barre, mais je secoue la tête.

– Laisse, on ne sait pas si elle n'a pas transpercé un organe vital.

Elle hoche la tête et pose sa main sur son cou. Elle attend quelques secondes et semble soudain soulagée, sans doute lorsqu'elle trouve son pouls. Cependant, si l'ambulance n'arrive pas bientôt, il va se vider de son sang, et c'est sans parler de son poumon affaissé.

J'hésite à le porter dans la rue quand une autre explosion retentit, envoyant de nouveaux débris dans notre direction.

– Il faut qu'on sorte d'ici ! je dis alors que les premiers secours arrivent avec une civière. Oui ! Enfin ! je crie.

Rachel regarde dans la même direction que moi, une profonde reconnaissance éclaire son visage.

C'est la dernière chose que je vois avant de perdre connaissance.

THE END... POUR LE MOMENT

INTERNATIONAL GUY

UN HOMME AU SERVICE DES FEMMES

SI VOUS VOULEZ EN SAVOIR PLUS SUR LES MECS D'INTERNATIONAL GUY – PARKER, BO ET ROYCE – procurez-vous le tome 11, *International Guy Rio*.

Dans le onzième volume de la série, nous retrouvons l'équipe ravagée par les événements du tome précédent. Des amitiés sont brisées, des membres de l'équipe sont dans un état critique, et la menace sur Skyler et Parker n'a jamais été aussi présente. Néanmoins, deux des membres d'*IG* sont appelés à Rio de Janeiro, où priment l'amour, l'honneur et la famille. Dans cet avant-dernier tome, tout sera révélé. Vous penserez avoir tout compris… mais vous apprendrez que les relations sont bien plus tordues que vous n'aviez osé l'imaginer.